De Zeven Zonden

Nu verkrijgbaar bij Poema Pocket: zeven zondige titels met de thema's lust, gulzigheid, hebzucht, gemakzucht, jaloezie, hoogmoed en wraak.

De eerste zonde, wraak, spreekt wellicht het meest tot de verbeelding. Franck Thilliez weet in *De kleur van het duister* als geen ander dit thema op huiveringwekkende wijze tot in detail uit te werken. De setting: de bodem van een gletsjerspleet. De aanwezigen: twee mannen die elkaar op het eerste gezicht niet lijken te kennen. De inzet: ultieme wraak…

U vindt een compleet overzicht van de Zeven Zonden van Poema Pocket achter in dit boek.

Zeven Zonden actie
Wilt u kans maken op een zondig prijzenpakket? Ga dan naar www.poemapocket.nl en schrijf u in voor de maandelijkse Poema Pocket nieuwsbrief. Onder de nieuwe aanmeldingen worden 25 prijzenpakketten ter waarde van € 50,- verloot! Deze actie loopt tot en met 31 december 2010.*

* Over de uitslag kan niet worden gecorrespondeerd.

Van Franck Thilliez zijn verschenen:

Het gruwelhuis*
Schaduw van de beul
De kleur van het duister*
Het einde van pi
De Ring van Mobius

* Ook in Poema-pocket verschenen

FRANCK THILLIEZ

DE KLEUR VAN HET DUISTER

POEMA POCKET

Eerste druk maar 2009
Tweede druk juli 2010

Vertaling: Anne van der Straaten
Oorspronkelijke titel: *La couleur des ténèbres*
Omslagontwerp: T.B. Bone
Omslagfotografie: Arcangel Images / Hollandse Hoogte

ISBN 978 90 210 4967 0
NUR 313

www.boekenwereld.com
www.poemapocket.com
www.watleesjij.nu

Where there is a will, there is a way...

1

DE GRAFTOMBE

Een langzame dood.

In onze kringen wordt het de langzame dood genoemd, maar er wordt nooit over gesproken. Uit bijgeloof. Of angst. Veel te moeilijk om eraan te denken hoe tenen of vingers langzaam inktzwart worden als voorboden van de necrose, terwijl het ijs zijn noodlottige web eromheen weeft, links, rechts, onderlangs. Een langzame dood, dat is sterven van de dorst terwijl je bedolven onder tonnen sneeuw in je broek plast. Of in golven overgeeft omdat je longen vol vocht zitten, op de bodem van een kloof waar je net tijdens je val je scheenbeen hebt gebroken.

Na al die jaren klimmen ben ik er op die momenten – wanneer overleven niet meer aan de orde is en benen mishandelde werktuigen worden – in geslaagd mijn angsten te beteugelen. Maar die… die langzame dood…

Stop! Al goed, al goed… Ik moet mezelf weer in de hand zien te krijgen. Deze afschuwelijke gedachten uit mijn hoofd zetten. Me concentreren. Nog eens proberen mijn ogen dicht te doen. Kom op, Vick! Schuif je ooglid nu eens over je oog! Dat kun je toch al zesenveertig jaar, verdomme!

Nee hoor… Dat kun je niet. Er beweegt niets. Geen zier, geen sikkepit, niet eens mijn pink, geen spiertje. Beroerd voorgevoel. Mijn leven draait om klimmen. Zonder de huivering die door me heen gaat wanneer mijn stijgijzer in contact komt met een stuk korrelige rots heeft mijn bestaan geen zin meer.

Dus dat is het dan, dood zijn? Op de tast ronddolen, tussen twee werelden? Ineens schieten er beelden door mijn hoofd. Ik zie mezelf weer boven de achtduizend meter, in een wand van het Karakoramgebergte, een oneindige aaneenschakeling van gneis en graniet waarvan de K2 de hoogste top is. Vaag onderscheid ik mijn diep ineengedoken silhouet, in een verbeten gevecht verwikkeld met een zware klimroute vol uitdagingen.

Nee... Een idiote gedachte. Lijken ademen niet.

Dus ik leef. Oké, ik leef, maar mijn lichaam is akelig bewegingsloos. Al uren en uren hoor ik mijn eigen schrapende ademhaling, ik constateer dat een lawaaiige, oververzadigde damp zich vasthecht aan mijn lippen en dat mijn hart nog steeds het bloed door mijn vatenstelsel pompt. Zeer menselijke gewaarwordingen, die per slot van rekening bemoedigend zijn. Vreemd genoeg stelt de kou op mijn handen en voeten mij gerust, het bewijst op zijn minst dat ik nog ledematen heb, dat ze ergens ver weg in het duister nog vastzitten aan mijn skelet. Een duister dat niet lijkt op de donkerte van de nacht. Veel te intens. Een angstaanjagend zwart zonder ook maar de minste lichtstreep van sterren, waar slechts een afschrikwekkend pulseren langzaam in een volkomen geluidloosheid wegsterft.

Mijn god. Waar ben ik eigenlijk?

Hier, op ditzelfde moment, realiseer ik me ineens nog iets absurds. Die kou... Hoe kan ik het zo koud hebben begin juli in Annecy? Hoe zou ik... Er schiet me weer iets te binnen. Ik dacht net 'buiten'. Goed. Als er een buiten is, dan bevind ik me binnen. Maar waarbinnen dan? En waarom zou ik...

Stoppen! Houd nu eens op zo ongericht te denken! Ben jij dat echt, de bedwinger van het hooggebergte, de psychologische mastodont in crisissituaties? Dat opgejaagde dier, weggedoken achter een stroom nutteloze, onsamenhangende gedachten? Pak het nu eens rustig aan. Je was toch zo zorgvuldig, weet je nog? Nu, denk dan eens rustig en zorgvuldig na. Haal adem – het enige wat op dit moment mogelijk is –, lever zuurstof aan die klotehersens van je en denk na...

Vooruit... Probeer je te herinneren... Wat deed je gisteren? Gisteren? Waarom zeg ik 'gisteren'? Hoe weet ik nu of gisteren wel gisteren was? Gebruik 'hiervoor' in plaats van 'gisteren', alsjeblieft, joh!

Dus hiervoor, voor het moment dat ik hier vast kwam te zitten... Vanmorgen... Het ziekenhuis... Ja, ik was in het ziekenhuis, bij Claudia. Ik herinner me de ondraaglijke hitte in de kamer, ik heb geklaagd bij een arts. Zonder succes, overigens. Wat dacht je, met die jongensstem van me, hij moest erom lachen. En toen... toen heb ik daar wat gegeten, iets smerigs, en ben nog tot de avond bij haar gebleven. Morgen gaan we... Nee, geen 'morgen' zeggen! 'Binnenkort', ik ga 'binnenkort' gebruiken. 'Binnenkort' is de grote dag. Dan ontmoeten Claudia en ik voor het eerst de donor. Zonder enige twijfel het belangrijkste moment van haar leven, en van het mijne. Nou ja, een van de belangrijkste momenten dan. Claudia zal niet langer hoeven overleven, uitgemergeld door de chemotherapie. Ze zal weer echt kunnen leven. Dankzij de transplantatie.

En ik ook! Ook ik zal weer leven! Wat is dit hier allemaal, verdorie? Waar ben ik? In wat voor afschuwelijk hol ben ik terechtgekomen? Ik wil bewegen of op zijn minst met mijn ogen knipperen! Zo stijf als een plank ben ik, overgeleverd aan wie of wat dan ook! En als ik nou moet plassen of wil drinken? En als iemand ineens mijn luchtwegen dichtknijpt? Hoe moet ik me dan verdedigen?

Ik neem het mezelf kwalijk dat ik daaraan denk. Er laait een felle woede in mij op, ik verzamel alle neuronen die zich onder mijn hersenpan bevinden en beveel hen een krachtig elektrisch signaal af te geven aan mijn oogleden. Ik ga door tot ik niet meer kan van de pijn en ik krijg het niet te onderdrukken gevoel dat mijn beendergestel uit elkaar zal spatten, dat mijn pezen een voor een af zullen scheuren. Mijn mond blijft enigszins openhangen en ik eis nu van mijn kaakspieren dat ze zich aanspannen.

En dan gebeurt er een wonder. Tegen alle verwachting in beweegt mijn linker kleine teen. Nee, hij trilt. Een nauwelijks waarneembare impuls, maar hij is er! Ik ga bijna uit mijn dak. Gek van vreugde probeer ik het nog eens. Denk aan je rechterooglid, probeer je kaken te bewegen, wacht tot het linker kleine teentje weer trilt. Misschien een vreemde aanpak, maar hij werkt wel. Opnieuw een schok. Mijn linkervoet.

Nu bij de les blijven. Wat is er gebeurd? Denk aan wat er kan zijn gebeurd. Gisteren, 'hiervoor' dus. Ik verlaat het ziekenhuis waar Claudia is begonnen met de decontaminatie van haar spijsverteringskanaal in verband met de transplantatie, en ga rechtstreeks naar mijn huis op een steenworp afstand van het meer van Genève. Ik mijmer wat over de expeditie naar de Matterhorn, die we met een groep van zes via de Furgg-graat zullen gaan beklimmen. Met deze uitdaging kan ik het klimmen weer serieus op gaan pakken komende zomer, als Claudia spoedig herstelt. Ik mis de bergen, verdomme, ze kwijnen weg in mijn genen.

Daarna ga ik naar bed, ik heb wallen onder mijn ogen; ja, ik stap in bed, ik weet het nog, ik heb een blad van de scheurkalender op mijn nachtkastje afgescheurd voordat ik in een diepe slaap wegzink. 4 juli. Nationale feestdag van de Amerikanen. Ik zie mijn gebaar nog exact voor me.

En ik word wakker badend in de duisternis, verlamd en verkleumd van de kou? Wat gebeurt er met me?

Daar heb je het al, mijn rikketik gaat tekeer, mijn ademhaling versnelt. Rustig aan daarbinnen!

Denk na… Concentreer je en denk na… Er is een aantal mogelijkheden. Een aantal, maar niet idioot veel. Ten eerste, ik droom. Het probleem is dat deze hersenschimmen geen beelden, woorden of bewegingen met zich meedragen. Alleen gedachten. Mijn gedachten. En dan heb ik het nog niet eens over mijn overduidelijk stromende bloed dat ik tot in mijn oren hoor kloppen. Zelfs de meest volmaakte droom is niet zo helder.

Dus dat kun je vergeten, basta. Geen goed teken... De langzame dood... De langzame dood... Vooruit, volgende mogelijkheid! Welke dan? O ja, die! Voor de hand liggend. Ik huiver ervan. Ik word wakker, midden in de nacht. Dat gebeurt me vaak, ik slaap weinig, een uur of vier. En dan die vreselijke nachtmerries, de angst om te vallen, vergeten adem te halen, dat een lawine me meesleurt, zelfs in mijn bed... Ik ga naar beneden om wat te drinken. Geen water meer, dus naar de kelder. En daar, gekraak, ik val.

De balans? Ruggenmerg afgescheurd. Of bijna. Het organisme zorgt dan uit zelfbescherming voor een sterk gevoel van kou. Misschien heb ik wel hoge koorts, heb ik alles gebroken wat er te breken viel en lig ik te ijlen op de betonnen vloer van mijn souterrain! Maar in mijn kelder staat een grote diepvriezer te brommen. En hier... nog geen ruisje, noppes, nada... Dus een val kan worden afgevoerd als oorzaak. Des te beter. Mij veroordelen tot de rolstoel is hetzelfde als me heel langzaam doodmartelen, vrees ik.

De kelder is het niet. Ook geen droom. Maar wat dan wel? Een felle paniek doet mijn aderen opzwellen terwijl er een laatste mogelijkheid door mijn hoofd schiet. Een mogelijkheid die ik graag ver, heel ver van mij houd. Nu word ik beheerst door een andere prioriteit. Bewegen. Bewegen, ja. Omdat een zweetdruppel van mijn neus is gerold en midden in mijn oog terecht is gekomen. En die klotedruppel doet pijn. Ik krijs van het brandende zout, al brengt mijn keel slechts een witte bel stilte voort.

Verhip! Mijn rechterduim beweegt! Hij buigt en daarna strekt hij zich! Eerst mijn teen, nu mijn duim!

Die verdomde rolstoel, die gaat maar iemand anders pesten. O god, wat een opwinding... Ongelofelijk dat een mens zo opgelucht kan zijn bij het zien bewegen van suffe vingerkootjes.

Nog een vreemde gewaarwording, het lijkt alsof mijn pezen zich een voor een aanspannen, en alsof mijn spieren trillen. Voor het eerst sinds ik wakker ben, knipper ik met mijn oogleden. Een grenzeloze opluchting maakt zich van me meester. Dolgelukkig herhaal ik keer op keer deze instinctieve beweging. Open, dicht, open, dicht. Ook vertrek ik de spieren van mijn mond, mijn gezicht, mijn nek zo ver ik kan, en ze antwoorden in koor. Daar lig ik, machteloos als een vertrapt insect, haast te genieten, ook al wijkt het duister om mij heen geen millimeter. Mijn lenzen vangen geen enkel foton op. Normaal treedt er een vorm van gewenning op in een afgesloten ruimte, de pupil verwijdt zich en uiteindelijk slaag je erin iets te onderscheiden, zelfs in een kelder, een tent, een grot, maar hier... Ik heb echt het gevoel in de interplanetaire ruimte te zijn beland.

Kan niet schelen, wat maakt het uit, mijn voet beweegt. Door de inspanning voel ik het leven terugkomen, ik word weer de oude Vick, die ervan houdt door te gaan tot hij niet meer kan. Ja, ik houd ervan tot het uiterste te gaan, al van jongs af aan. Klimmen, dat is zelfontplooiing door afzien. Over een paar minuten hijs ik mijn vijfentachtig kilo van de grond en ga ik ervandoor.

Maar ineens grijpt de angst me weer bij mijn strot. Dat geluid dat ik net hoorde toen ik mijn voet bewoog. Dat rinkelen, het geluid van een enorme ketting.

Een ruwe band schuurt over mijn rechterenkel.

Ik geloof dat ik geketend ben!

Ineens is er licht.

Een brede straal goud van de helm op mijn hoofd naar het rode doek van een tent. Een kort moment van realiteit, een bewijs dat ik nog besta, ergens in de wereld der levenden. Mijn pupillen nemen iedere lichtpuls in zich op. De morbide afzondering waarin ik verkeer wijst erop dat ik in de hel moet ronddolen. Een rijk dat bestaat uit verdomd koude kloven.

Wat voer ik uit in een tent? Een voorwereldlijk geval daterend uit de vorige eeuw, met een ijzeren frame, lijnen om te spannen en doek dat zo stug is als de kus van een mummie.

Ze hebben me vast drugs toegediend. Tijdens mijn slaap heeft een klootzak die even binnen moet zijn geweest me een helm opgezet met een hoofdlamp erop, zoals speleologen gebruiken, op carbid. Een afgeleefd bakbeest uit de jaren zeventig, dat flink roestig is. De brandstoffles ligt er ook, daar voor mijn voeten, hij is met een vinylslang verbonden aan mijn hoofddeksel. Verder heeft iemand me een dik wollen hemd aangedaan en een gevoerde broek, een oude trui, van kameelhaar lijkt het, een donsjack en wandelschoenen met daarin dikke groene sokken. Deze kleren zijn niet van mij, ze stinken muf naar naftaleen en dooie motten, en zijn zelfs niet meer te vinden in tweedehandswinkels of op de rommelmarkt.

Ik kan het haast niet geloven, en knijp mezelf in mijn arm.

Alles is echt, verdomme, ongelofelijk echt...

Het feit dat iemand mijn lijf heeft aangeraakt, me heeft uitgekleed zonder dat ik daar toestemming voor gaf, staat me tegen. Dit territorium van huid en spieren is heilig, het behoort mij toe, alleen aan mij en aan mijn vrouw. In het beperkte universum van mijn geweven gevangenis ontdek ik kriskras door elkaar twee paar nylon wanten, twee opgevouwen donzen slaapzakken, een witte – of gele, moeilijk te zeggen met dat smerige licht – badstof handdoek en een metalen kluis met een hangslot voorzien van een combinatieslot van acht cijfers. Mijn oude reflexen van vechtjas komen weer boven en ik ga op zoek naar water en voedsel. Zonder succes.

Waarom twee slaapzakken, twee paar handschoenen? Meteen moet ik aan mijn vrouw denken.

'Claudia! Claudia!'

Wittige wolkjes damp ontsnappen kringelend aan mijn lippen terwijl de echo van mijn eigen wanhoop antwoordt. En steeds maar die stilte, nu en dan doorbroken door een waterdruppel die valt. Ja, in traag tempo sijpelt er water om me heen, ook op het tentdoek. Daar, precies boven mijn hoofd. Na een diepe teug prikkelend frisse lucht blaas ik, ineengedoken liggend, in mijn handpalmen en opnieuw en nog eens, en nog eens. Handen opwarmen ter voorkoming van kloven, koubulten en necrose, het afsterven van het weefsel, een onomkeerbaar proces. Voordat de spinnenpoten van vlees weer hard kunnen worden, stop ik ze meteen diep in mijn wanten. Dan merk ik dat mijn zilveren trouwring verdwenen is. In een idiote reactie kijk ik zoekend om me heen, op het kleed van kunststof. Ik weet het, het is belachelijk, alsof de ring zomaar had kunnen vallen. Als iemand dat sieraad zou willen stelen, zou hij mijn hand moeten afhakken. Nooit, nooit is hij van mijn vinger geweest, gedurende al die negentien jaar niet, onder welke omstandigheden dan ook.

Vanaf dat ogenblik heb ik de vaste overtuiging dat ik me in een rampzalige situatie bevind. Eentje die ik niet onder controle heb.

Beetje bij beetje begint er weer gevoel in mijn lijf te komen, de troep in mijn aderen verliest langzaam zijn greep. Onder mij ligt een donkere mat van waterafstotend polystyreen die een vermoedelijk harde en onregelmatige ondergrond bedekt. Ik frons mijn dikke blonde wenkbrauwen. Erachter, in een hoek van deze piramide van doek met een grondoppervlak dat niet veel groter kan zijn dan van een simpel bestelwagentje, ontdek ik een dissonant. Zie ik het goed dat daar een platenspeler staat met een langspeelplaat erop? Ik kruip er met mijn nog pijnlijke lichaam onhandig naartoe, onder gerinkel van mijn zware ketenen. *De vogels in uw tuin, 88 verschillende vogelgeluiden.* Wat voor spelletje wordt hier gespeeld? Waar slaat deze idiote grap op?

Mijn zenuwen staan op scherp. Met mijn handschoenen buig ik mij naar mijn rechtervoet, bekijk aandachtig de ketting met afgrijselijk dikke schakels en het kolossale hangslot waarmee de metalen ring om mijn sok is vastgezet, en trek er luid kreunend uit alle macht aan. Niets, nog geen begin van een knarsje, er zit geen beweging in. De mens kan een berg van miljoenen tonnen bedwingen, maar op een suf stuk ijzer loopt hij vast.

Met een krachtige beweging schud ik aan mijn keten, het tentdoek trilt. De metalen slang verdwijnt kronkelend onder de ingang door en strekt zich uit tot buiten het rode viervlak. Dus sta ik met gebalde vuist op – in dit gruwelkabinet kun je gemakkelijk rechtop staan –, pak mijn fles acetyleen en doe de ritssluiting omhoog die mij scheidt van de rest van de wereld.

Deze rest van de wereld grijpt me naar de keel door... zijn afwezigheid. Want er is geen rest van de wereld. Alleen maar duister tot zover het oog reikt. Dit angstaanjagende duister ziet kans alle menselijke zekerheid over te leveren aan voorouderlijke angsten. Zo te zien is mijn verlichtingssysteem de enige lichtbron hier. Zonder dit levensbrengende apparaat vervaagt alles om me heen. Het is zo donker als de nacht.

Met het ijzer aan mijn voet sjok ik voort over de vochtige rotsbodem en omzeil puntige nesten stalagmieten, en dan voelt het grondoppervlak vreemd genoeg ineens zachter aan. Modder, ik loop in een oceaan van modder. Recht voor me wordt mijn zicht plots benomen door een afzettingswand die zich als een onneembare muur voor me verheft. Ik kijk omhoog, waar de flakkerende vlam van mijn helm op grote hoogte stalactieten van ijs onthult, fonkelende transparante formaties, lang en scherp als dolken. Nooit eerder zag ik zulke grote, zelfs niet onder bevroren watervallen of aan de rand van gletsjerspleten. Overal om me heen zie ik ze, wachtend op het toeval om neer te storten, ook boven de tent. Zelfs de allerkleinste is nog in staat een mens te doorboren. Wat is dit voor afgrijselijke toestand, verdomme?

Ik ben aan het einde van mijn ketting beland, of liever gezegd aan het begin. De ketting zit met een paal vast in het hart van een rotsblok. Alleen zeer krachtig gereedschap heeft hem zo smerig diep vast kunnen zetten. En ook alleen zo'n instrument zal hem eruit kunnen krijgen. Ik weet het, en toch probeer ik uit alle macht de stalen pin uit de steenklomp te trekken, zo hard dat ik mijn wanten stuktrek.

Ik wil niet nadenken over wat er met me gebeurt, ook al dreunt het woord 'kidnap' zo hard door mijn hoofd dat het voelt alsof het ontploft. Ik moet lopen, iets doen, alles liever dan zelfmedelijden. Niet overstuur raken, ontmoedigd zijn zit niet in mijn genen. Opgeven is doodgaan. Vóór alles de context, de omgeving analyseren. Om me te helpen denk ik aan Claudia, aan de transplantatie over tien dagen. Ik denk altijd aan mijn echtgenote op moeilijke momenten, als mijn lichaam het dreigt op te geven van al te veel lijden. Iedereen heeft dan behoefte zich aan iemand vast te klampen. Of aan iets. Mijn trouwring heeft me vaak geholpen onmogelijke situaties te boven te komen. Mijn trouwring...

De gastank is voorzien van grijze draagbanden waarmee ik hem op mijn rug zwaai, en ik richt me nu op de rechterkant. Het duister is huiveringwekkend, het bruist als miljoenen ogen die gericht zijn op mijn ridicule silhouet. Ik buig mijn hoofd, mijn keten moet zeker tien meter lang zijn, dus schuifel ik voorzichtig langs de wand. Mijn voet stuit op grote rotsblokken, een ingestorte wand, lijkt me. Ik stap eroverheen, voor me tekenen zich een bed van niervormige mineralen, lichtdoorlatende ijsspleten en kleine brokstukken kwarts en veldspaat af. Ik moet wel hallucineren... Terwijl mijn zolen wegzakken in de morene, zie ik eerst firn en dan, en dan... een verticale wand, geheel van ijs.

Een gletsjer. Recht voor mij verheft zich de eerste, voorzichtige aanzet van een gletsjer. De regelmatige stratificatie, de afwisselende lagen bevroren water en leemachtig stof wijzen erop dat hij hier al duizenden jaren moet worden samengeperst. En wie begin van een gletsjer zegt, zegt diepe kloof.

Ik bevind me geketend op de bodem van een kloof.

Het is zover, de zo gevreesde paniek overvalt me en deze keer slaagt zelfs het beeld van mijn vrouw er niet in deze te onderdrukken. Mijn ketting staat strak en ik begin te rennen in de straal die mij is gelaten.

'Nu is het genoeg! Laat me eruit!'

Mijn gespierde lijf komt weer langs de purperen tent en waagt zich vervolgens in de onbekende donkerte, die vanwege de ketting niet tot het eind verkend kan worden. Daar, daarboven! Bijna loodrecht boven me onderscheid ik een nauwe schoorsteen zonder eind, zonder licht. Via die route moet ik vast en zeker zijn binnengekomen.

'O! Help! Help!'

Het is de allereerste keer sinds ik volwassen ben dat ik om hulp roep, een vreemde gewaarwording. Mijn woorden kaatsen overal tegenaan en komen terug als gebroken, afschuwelijke klanken. Van mijn stuk gebracht loop ik nu naar links, mijn ketens rinkelend achter mij aan. Ik speur deze onbekende wereld verder af met mijn lamp en zie in de verte vaag andere wanden en een smalle rotsholte die in het niets verdwijnt. Ik ren maar door, mijn ketting blijft haken achter de haringen van de tent, waar ik opnieuw omheen loop op weg naar het laatste onverkende kwart. Daar ontdek ik een karstpijp waarvan de bodem door mijn lichtbundel niet wordt bereikt. De kloof loopt door tot het binnenste van de aarde.

Waar ben ik? Op welke diepte? Melkachtige dampflarden kringelen in het gele schijnsel van mijn lichtbron en ik begin buiten adem te raken. Op hoeveel meter onder de grond word ik vastgehouden? Honderd? Honderdvijftig? De kou is bijtend, het kwik verstijft en overal sijpelt vocht uit. Druppeltjes van onbestemde kleuren klampen zich aan elkaar vast en hangen puntvormig naar beneden. Zwart, bruin of grijs, met mijn hoofdlamp kan ik dat nauwelijks onderscheiden. Een nachtmerrie. Een heuse nachtmerrie.

Maar ik zal eruit komen, ik voel het. Straks vind ik... vind ik vast een sleutel en klimmateriaal en klim ik naar boven.

Ha! Als iemand me bang wilde maken, me confronteren met een langzame dood, dan is dat wel gelukt! Ik ga een voor een de grappenmakers na die in staat zijn me zo'n streek te leveren. Het is beslist gewaagd, maar ik ken ze, Marc, Cédric, Sébastien, Bruno en zelfs Pierrot. Bravo jongens! Als ik deze waanzin aan Claudia vertel... Ik weet niet of dat haar echt zal opmonteren, maar in ieder geval kan ze even flink lachen! Claudia heeft een geweldige lach. Op ditzelfde moment hoor ik hem in mijn hoofd.

Tijdens dit korte moment van euforie onthult mijn bescheiden lichtkrans het onvoorstelbare.

Ik knipper onophoudelijk met mijn ogen, tien, vijftien, twintig keer.

HIJ is er nog steeds.

Ik schuifel er ontsteld naar toe, mijn benen houden me haast niet meer. Door mijn ketting kom ik slechts moeizaam vooruit. Daar, op een paar stappen afstand, ligt hij op de kale rots. Daar ligt een kerel die exact dezelfde kleding draagt als ik, onbeweeglijk, op zijn bevroren duim na die in een bovenmenselijke inspanning traag beweegt. Zijn adem kruipt uit zijn mond als die van een stervende stier. Pal aan mijn voeten ligt een gesloten enveloppe. Ik raap hem op, terwijl mijn blik strak gericht blijft op de uitgestrekte gedaante.

De man draagt geen keten, maar een ijzeren masker dat strak om zijn hoofd is aangebracht en waarvan het zwarte metaal zijn gezicht volledig bedekt.

Het papier trilt tussen mijn nylon wanten. Ik durf niet te geloven wat er geschreven staat, de nachtmerrie wordt met de seconde beklemmender. Als ik bang ben, knars ik met mijn tanden, ik weet niet waarom. Op dat moment verbrijzel ik mijn kiezen zowat, slechts de permanente flitsen van eerder beleefde noodsituaties die continu door mijn hoofd schieten, zorgen ervoor dat ik relatief kalm blijf. Zeer relatief, dat wel.

In het geruis van mijn gaslamp richt de man met het ijzeren masker zich moeizaam op en brengt zijn bevroren vingers naar zijn schedel. In deze ongeloofwaardige film stijgt de meest afschrikwekkende jammerkreet op die ik ooit heb gehoord. Een rauwe, beestachtige kreet, alsof er een zeug wordt geslacht. Zijn vingerkootjes sluiten zich om het hangslot dat ter hoogte van zijn achterhoofd is aangebracht. Ik zie hem kracht zetten en onder onmenselijk gegrom hardnekkig trachten dat afgrijselijke geval van zijn hoofd te trekken. Vervolgens krabbelt hij op zijn ellebogen terug naar de wand, luidruchtig ademend van angst.

'Wie bent u?' kreunt hij, met dichtgeknepen ogen en een hand met uitgespreide vingers voor zich uit gestoken. 'Waar ben ik?'

Ik begrijp dat hij verblind wordt door mijn reflector, hij houdt me voor de vijand, ik wend mijn hoofd licht af. Ik aarzel om te antwoorden, ik schaam me voor mijn stemgeluid, al van jongs af aan. Mijn stem is nauwelijks zwaarder geworden, wat sterk contrasteert met mijn brede schouders die me juist een krachtige indruk verlenen.

'Ik heet Vick Croz...'

Wat moest ik anders zeggen? Ik voel me verloren, compleet verloren. Ik moet mezelf absoluut weer in de hand krijgen. Angst is dodelijk, het brengt het schriele, terneergedrukte kind uit mijn verleden weer naar boven.

'Ik weet niet waar we zijn. Ergens op de bodem van een kloof. Ik ben hier wakker geworden en kon me niet bewegen, net als u. Hoe lang geleden? Ik weet het niet. Een aantal uur, misschien zelfs wel een hele dag. We moeten een sterk verdovend middel of een spierverslapper toegediend hebben gekregen.'

'Een spierverslapper? Op... op de bodem van een kloof? Maar... Maar...'

Opnieuw stort de man in en probeert zich te ontdoen van zijn bolvormige keurslijf. Zijn nagels krassen over het metaal, hij zou ze zowat breken. Zijn borstkas zet uit en zakt weer in, zijn zware hoofd schommelt naar alle kanten. Ik zou wel naar hem toe willen, maar mijn ketting roept me tot de orde. Ik geef er een woeste ruk aan, zonder succes, en beperk me ertoe te zeggen: 'Kalmeer nu maar, goed? Laten we de zaken stap voor stap doornemen. Heeft u gezien dat iemand u hierheen bracht?'

'Nee.'

'Wilt u mij zeggen wie u bent?'

Hij staat op, valt bijna weer om, herstelt zijn evenwicht door zijn vingers als zuignappen tegen de rotswand te drukken. Hij heeft duidelijk ook de volle laag gehad.

'Thie... Thierry Marchant.'

Zijn naam zegt me hoegenaamd niets. Hij heeft nog wel zijn trouwring om zijn ringvinger.

'Woont u in Annecy?'

'Nee, in Albertville.'

Albertville? Dat is helemaal niet bij mij in de buurt. Waar zijn wij eigenlijk opgeborgen? In welke afgrond zitten we? Welke streek? Frankrijk, Zwitserland, Italië, Spanje? Ik word woest, ik heb zin om iets kapot te maken, een steen op te pakken en die keihard tegen de rotswand te smijten.

Het hoofd van de onbekende man schommelt heen en weer, hij kijkt naar alle kanten en lijkt dan iets te zien, er schittert iets in de lichtbundel van mijn lamp. Hij loopt erheen en buigt zich voorover. Een grote, lege injectiespuit. Hij trapt hem stuk met een angstaanjagende felheid.

'Komt het daaruit, die troep waarmee ze ons bloed hebben vergiftigd?'

'Waarschijnlijk.'

'Verdomme! Wat is dit voor gesodemieter? Dat ding op mijn gezicht! Meneer!'

'Ik weet niet waarom wij hier zijn, ik weet niet waarom ze u dat masker hebben opgedaan, waarom mijn enkel geketend is, waarom mijn trouwring is gestolen en die van u weer niet. Vaststaat in ieder geval wel dat er iets van ons wordt verwacht.'

'Wat dan? Zeg me dan eens wat dat is!'

Ik haal heel diep adem en een ijzige luchtstroom trekt door mijn lijf.

'Dat we overleven…'

Hij verstart. Het bibberende licht van mijn lamp speelt een schaduw- en lichtspel op het afstotelijke masker, een angstaanjagend schouwspel. Het is een grijs oppervlak samengesteld uit bouten en gesoldeerde platen met gaten erin voor ogen, mond en neus. Het lijkt wel een mislukte kopie van robot R2D2 of een afgrijselijke materialisatie van het monster van Frankenstein. Ook al malen er honderden vragen door mijn hersens, ik ga toch gewoon door met mijn verklaring.

'Deze brief lag hier. Exact op de grens van mijn… levenscirkel. Degenen die deze akelige grap hebben verzonnen, zijn geloof ik nogal pervers. Dit bericht bevestigt dat.'

Voorzichtig komt hij naar me toe lopen. Hij blaast in zijn handpalmen die hij vlak voor het metalen masker houdt. Een meter slechts scheidt ons op dit moment, maar hij blijft buiten mijn bereik. Er wordt van mij gezegd dat mijn gezicht getekend is door alle verdriet en dat ik met mijn vierkante kaken en mijn tikje scheef staande neus wie mij niet kent schrik aanjaag. En dat is duidelijk bij deze vent ook het geval. Hij is bang voor me.

'Wat staat er in de brief?'

Mijn stem houdt er helemaal niet van voor te moeten lezen.

'Ik zal er een paar regels uit voorlezen, maar probeer niet in paniek te raken, oké? Dat is nergens goed voor. De tekst is zeer kort. Maar wel nogal… heftig…'

Hij knikt haast onmerkbaar, staat licht gebogen en verwarmt zijn handen tussen zijn dijen. Het lijkt wel of hij plast, ik hoop van niet. Ik begin langzaam voor te lezen, het grijpt me bij de keel.

'Zoals u wellicht heeft opgemerkt, draagt een van u een ijzeren masker, vergrendeld met een hangslot. Onder dit metalen geheel bevindt zich net boven de schedel een explosieve lading met een mechanisme dat in werking wordt gesteld indien de afstand tot de geketende partner meer dan vijftig meter bedraagt. U bent dus in het vervolg verenigd in tegenspoed. Alle voorwaarden om dit te overleven zijn hier bijeen. Op deze plek, in deze brief heeft u alles in handen wat u nodig heeft om zich eruit te redden. Zoek achter de spiegel van uw misdaden en bied het hoofd aan uw demonen. U moet uw vrijheid verdienen. Wat mij betreft, ik heb de mijne al genomen...'

Dat was het. Afgelopen, uit. Ik kijk op en wacht af. De man reageert niet. Of misschien reageert hij wel, maar zie ik het niet door de gevangenis om zijn gezicht. Voor mij zijn z'n ogen teruggebracht tot twee fonkelend zwarte stenen en zijn mond tot een spleet. Ik schaam me ervoor zoiets te denken, maar dat masker ontneemt hem iedere menselijkheid, ik heb medelijden met hem.

Plompverloren slinger ik hem voor de voeten: 'Wat voor misdaad heeft u begaan?'

Zijn stem klinkt hol als hij antwoordt: 'Welke misdaad? Ik weet het echt niet! Niets wat een dergelijke waanzin rechtvaardigt! Ik heb een nette baan, een vrouw, een kind van vijf jaar oud!'

Hij richt zich nu tot het duister.

'Ik wil naar ze toe! Laat me gaan! Ik heb geen enkele relatie met die kerel!'

Ik voel dat hij op het punt staat in te storten. Opnieuw omvat hij zijn schedel met zijn adelaarsklauwen. Het krassen van zijn nagel over het ijzer doet pijn aan mijn oren.

Hij vervolgt zijn klaagzang: 'Dit is niet mogelijk, het is... het is een spel. Een reality show... Ze... ze gaan steeds verder. Ze zouden er best toe in staat zijn. Ja, dat is het, hè? En u, u hoort erbij!'

'Nee, ik...'

'Of een experiment! U heeft vrijwillig meegedaan aan een

experiment en ze hebben zich in de persoon vergist! Ik, ik...'

'Ik heb me niet als vrijwilliger opgegeven, daar kunt u van op aan.'

Hij drukt zijn handen nu stevig tegen zijn plaatstalen wangen.

'Ze hebben het op u voorzien! Ik... ik ben een respectabele huisvader! Ik betaal mijn belastingen, ik... ik leid een leven zoals miljoenen Fransen dat doen! Hoe kan zoiets mij nu overkomen?'

'Maar ik ben ook respectabel! Ik woon in Annecy en ik doe al sinds mijn negentiende aan bergbeklimmen! Dat is het enige waar ik goed in ben! Ik heb geen geld, geen vijanden, niets wat zo'n daad kan verklaren! Ik heb net zomin een misdaad begaan als u, begrijpt u?'

'Maar waarom zitten we hier dan wel?'

De man, Thierry, loopt voor me langs en gaat met afhangende schouders het onbekende tegemoet, zijn neus in de richting van de stalactieten van ijs. Ik volg hem en schets hem in het kort de cartografie van onze minerale kooi: de schoorsteen, verderop de karstpijp, de gletsjer, de tent waarin hij zich vervuld van angst waagt, wat ik kan opmaken uit de aarzelende houding van zijn lijf. Onmiddellijk steekt hij zijn handen vol kloven in de wanten, duikt in elkaar als een spin die wordt verbrand en begint verbeten zijn ledematen te masseren. Hij is klein – één meter zeventig op zijn hoogst – maar massief als een rots. Wat doet hij hier? Wat doen wij hier? Verdomme, hij heeft gelijk, we kennen elkaar niet, het is een vergissing!

Hij mompelt: 'Het is waanzin... Of ze ons hier nu kort of lang willen laten wegkwijnen, ik houd het nooit vol... Dat ding op mijn hoofd... Waarom hebben ze me zo'n afschuwelijk apparaat opgezet? Waarom sleept u een keten achter u aan? Waarom brengen ze ons zo samen? Ik heb u nog nooit gezien!'

Ik ga tegenover hem zitten.

'We moeten wel iets gemeenschappelijks hebben. Heeft u wel eens in Annecy gewoond?'

'Nee! Wel eens geweest, een paar keer, meer niet!'

'Vroeger misschien? Lagere school? Middelbare school? Of misschien uw familie? Vader, moeder?'

'Nooit! We zijn allemaal Bretons, ik woon pas drie jaar in de Savoie, met mijn vrouw en mijn zoon. Overplaatsing binnen het bedrijf.'

'Weet u iets van bergbeklimmen?'

'Helemaal niets! Ik kan nog geen tent opzetten, ik haat kamperen!'

'Wat voor beroep heeft u?'

'Heel wat minder opwindend dan bergen opklauteren. Lopendebandwerk, acht uur per dag. Ze... ze hebben de verkeerde gepakt! Ja, ik zie geen andere oplossing.'

Hij wrijft krachtig met zijn wanten over elkaar en zegt: 'Ik blijf me hier nog twee minuten opwarmen en dan ga ik pleite. Als we hier zijn binnengekomen, moeten we er ook weer uit kunnen. Ik heb geen keten, ik ben vrij. Niets kan me vasthouden hier, in dit lugubere hol.'

'Niets nee, behalve dan wat er op uw schedel zit. De explosieve lading, weet u nog?'

Hij heft zijn boutengezicht naar me op.

'Of ik dat nog weet? Ik denk nergens anders aan, verdomme! Wat denkt u dat het met iemand doet als hij met een bom op zijn kop rondloopt?'

Het is zover, hij huilt, maar niet lang. Het zijn de zenuwen.

'Wat... wat stelt u dan voor? Dat we... dat we naar die kloterige vogelgeluiden gaan zitten luisteren... en domweg wachten tot het later wordt? Ze... ze hebben het lef gehad om een platenspeler achter te laten terwijl we niet eens wat te eten hebben! Het is een experiment! Het moet gewoon een experiment zijn!'

Hij stompt in een staat van opperste neerslachtigheid met zijn ene handschoen in de andere.

'Ze willen… ons bestuderen. Ik heb… ik heb al eens zoiets op tv gezien. Proefpersonen die andere mensen elektrocuteren omdat het van hen wordt gevraagd. Onderwerping aan autoriteit, zoiets dergelijks was het… Iets van de overheid… Defensiegeheim…'

Hij verstijft, luistert gespannen, met zijn oor op het tentdoek gedrukt, en begint zijn masker te betasten, dat hij blijft proberen van zijn hoofd af te trekken.

'Er moeten camera's zijn en misschien sensoren onder dit kloteding. Ja, dat lijkt me logisch, we zijn ontvoerd voor experimenten…'

Weer stort hij in. Ook hij zoekt verklaringen, hoe ongerijmd ze ook mogen zijn. Maar bestaat er een logische verklaring voor onze aanwezigheid in deze natte hel?

Hij begint weer te jammeren.

'Ik heb dorst. Mijn… voeten zijn bevroren, ik crepeer ter plekke als ik hier blijf zitten… Ik háát kou. Begrijpt u dat, meneer?'

Ik geef hem een slaapzak, die hij als een vest om zijn schouders slaat. Hij bibbert. Ik probeer hem gerust te stellen.

'We beschikken denk ik over goede kleding tegen de kou, en de slaapzakken met donsvulling lijken ook in orde, ze houden de warmte goed vast. Water is geen probleem, want het feit dat er verderop modder is, betekent dat er smelt- of drupwater onder de gletsjer door moet sijpelen…'

De gletsjer… En dat gooi ik er zomaar uit, 'de gletsjer', alsof het heel gewoon is. Mijn god! Een nachtmerrie… Echt een nachtmerrie…

'Wat het voedsel betreft… Dat moet wel ergens zijn, want in de brief staat dat we over alles beschikken wat nodig is om te overleven.'

'In de brief? Hoe komt u erbij dat het waar is wat er in die kloterige brief staat?'

'Zomaar. Maar we hebben weinig keus. Door mijn keten heb ik niet de hele ruimte kunnen onderzoeken, hij lijkt me erg groot, op zijn minst zeshonderd vierkante meter. Maar u kunt dat wel. Misschien hebben ze u daarom wel niet geketend.'

'Inderdaad. Alsof alles gepland is. Het perfecte stel. De een is afhankelijk van de ander. En vice versa.'

Daar zit wel wat in. De instructies, het masker, de explosieve lading, de verouderde lamp uit de jaren zeventig, de platenspeler, de kluis met zijn achtcijferige slot... Het lijkt eerder een spel, een beproeving, dan een ontvoering om de gebruikelijke motieven. Ik ga naast hem zitten, leg de hoofdlamp tussen ons in, doe mijn trui en mijn hemd omhoog en vraag hem: 'Kijk eens op mijn rug. Of er een wond, een snee, een of ander teken te zien is. Een plek waar ze die zender hebben kunnen implanteren die ons tot elkaar veroordeelt.'

En ineens besef ik pas wat ik eigenlijk zeg. 'Een zender implanteren', dat veronderstelt een chirurgische ingreep. Thierry heeft gelijk, deze puinhoop slaat nergens op.

Terwijl hij mijn rug aan een nauwgezet onderzoek onderwerpt, bekijk ik mijn borst, mijn benen, mijn armen, ik stroop mijn mouwen op, doorzoek mijn zakken, de revers van mijn overhemd, doe mijn broek uit, mijn schoenen, en haal zelfs de binnenzolen eruit. Ik bibber van de kou.

'En?'

Zijn handschoen gaat naar mijn linker monnikskapspier.

'Daar!'

Ik bekijk de plek vanuit mijn ooghoeken en zeg: 'Nee... Dat is een heel oud litteken. Verder niets?'

'Zo oud ziet het er niet uit, dat litteken van u. Nog helemaal roze.'

Er klinkt wantrouwen in zijn stem door. Ongemakkelijk trek ik mijn kleren weer aan.

'Het is een apart geval... Een wond die ik heb opgelopen in de bergen, ik praat er liever niet over. Laat maar even, oké?'

'U praat alleen als het u goed uitkomt, hè? Bijzonder goed gebouwd, in ieder geval. En stampvol beschadigingen.'

Ik kleed me snel verder aan, met mijn wijsvinger op de enkelband van mijn keten.

'Misschien hebben ze daar de ontvanger wel ingestopt. In de sluiting...'

'Of onder de huid van uw enkel. Daar is geen moer van te zien, het metaal is zo stijf op de huid aangebracht, dat moeten ze wel bijzonder hard hebben aangetrokken.'

In een aanval van blinde woede komt hij overeind.

'Die ellendige zender kan ook verborgen zitten in uw maag of onder uw hersenpan! Dat ding kan overal zitten! Wat kunnen ze wel niet met ons hebben uitgehaald? Ze... ze hebben ons drugs toegediend! De injectiespuit, weet u nog wel?'

'Uiteraard. U heeft hem net aan splinters gestampt.'

'En mijn vrouw? Mijn zoon? Ik was bij hen! Ik ben ingeslapen naast Emilie, in MIJN huis! Ze... ze zijn bij me binnengedrongen! Wat is dat...'

Zijn ademhaling versnelt, voortdurend ontsnappen er dampwolkjes uit zijn mond.

'Alstublieft, probeert u zich een beetje in de hand te houden!'

'En die kluis dan? Het hangslot? Ook een ideetje van die lui? Wie zijn jullie? Wie zijn jullie, stelletje klootzakken? Wat is dat voor een barbaars spel, dat jullie met ons spelen?'

Razend tilt hij de kluis op en schudt eraan, maar binnenin rammelt er niets.

'Wat zit hierin? Ons entreebewijs voor de hel?'

Zonder waarschuwing smijt hij hem uit alle macht tegen de grond, waarbij een gat in het kleed ontstaat. Een beste scheur, van een centimeter of tien. Ik grijp hem bij zijn pols, ik ben een hoofd groter dan hij.

'Hou op, verdikkeme! We gaan niet alles kapotmaken, oké? Nadenken moeten we!'

'Waar dient die verdomde tent toe? Voor als het gaat stormen? Of stortregenen?'

Hij gebaart heftig.

'U doet me pijn, verdomme!'

Ik verslap mijn greep, het klopt dat ik sterk in mijn handen ben. Dan besluit ik om het heft in handen te nemen, zoals een goed ex-voorklimmer betaamt.

'Het spijt me… Maar we moeten het absoluut met elkaar eens worden.'

'Maar dan doen we mee met hun plan! Nietwaar?'

'Het is misschien wel hun bedoeling dat we ruziemaken, dat we elkaar juist te gronde richten. Laten we methodisch te werk gaan. Eerst analyseren we de omgeving. Daarna gaan we de juiste vragen stellen, afhankelijk van wat dat omgevingsonderzoek oplevert. En dan reageren we in overeenstemming daarmee.'

Zijn gezicht blijft hinderlijk strak als hij me naar mijn hoofd slingert: 'Ik vind u wonderlijk kalm. We staan op het punt te sterven, we weten niet wie ze zijn, wat ze met mijn gezin hebben gedaan, wat ze ons verwijten, en u, u zit daar maar en probeert niet eens te ontsnappen. Iedereen zou zijn longen uit zijn lijf schreeuwen en zijn vingers afrukken om zich van die ketting te bevrijden. Dit is niet normaal.'

'Ik heb heus al wel geprobeerd dat kloteding los te krijgen, geloof me maar. Heeft u gezien hoe dik die schakels zijn? Op dit moment kan ik niets beginnen. Ik blijf kalm omdat ik weet hoe ik met crisissituaties om moet gaan. In paniek raken, dat is je zwakheden aanvaarden, de elementen om je heen de dramatische situatie nog laten verergeren. Ik wil niet zwak zijn.'

Met zijn dikke, enigszins op een krabbenschaar lijkende, want wijst hij naar mijn ringvinger.

'U, u bent vrijgezel. Geen vrouw en kind die op u wachten, die zich zorgen om u maken! U kunt gewoon niet begrijpen wat ik doormaak!'

Ik reageer niet. Geen zin om te praten over Claudia, haar ziekte, het verdriet dat ik als kind en als volwassene heb gekend, ik wil beslist niet dat deze onbekende man me beklaagt, dat hij nog verder in de put raakt. Ik heb het nooit over mijn privéleven, ik heb een hekel aan bijeenkomsten met veel mensen en stompzinnige discussies. Ik ben een einzelgänger, gebouwd op de duizelingwekkende steilten van de Grandes Jorasses. De bergen eisen niets van me, in hun zwijgende geweld tonen ze respect voor me. Daarom voel ik me er zo goed. Zo vrij.

Voor de man met het ijzeren masker vat ik mijn gedachten als volgt samen: 'Heb nu maar vertrouwen in mij, akkoord?'

'Heb ik te kiezen dan?'

Ik hang de fles acetyleen op zijn rug en houd de helm voor zijn borst omhoog. Het lukt hem niet hem op te doen, vanwege zijn te volumineuze metalen hoofd. Zo uitgerust doet hij denken aan een groteske helmduiker.

'Was dat ook voorzien? Dat de helm me niet zou passen? Domweg om me dwars te zitten?'

Vervolgens houdt hij hem voor zich als een sinistere verjaardagstaart met een afzichtelijke kaars. Ik leg hem uit wat hij moet doen: 'U gaat de hele kloof verkennen, u gaat kijken waar ik door mijn keten niet kan komen. En let vooral goed op dat u de slang niet beschadigt, dat is echt belangrijk. Deze lamp werkt volgens het principe van een aansteker. Als de vlam dooft, draait u aan de steen achter de reflector en dan gaat hij weer branden. Zonder licht zijn we er geweest. Heeft u dat goed begrepen?'

Hij knikt instemmend. De door onze ademhaling geproduceerde doorschijnende dampwolkjes blijven hangen tussen mijn gezicht van vlees en zijn profiel van kwaadaardige kolos. Ik constateer dat er boven ons op de binnentent druppeltjes verschijnen. Geen best teken, het oververzadigde vocht zou ons leven wel eens in gevaar kunnen brengen. Maar op dit moment zijn er even andere prioriteiten. Voedsel, voedsel, voedsel.

'Ik volg u, ik ga met u mee zo ver als mijn keten dat toestaat. Maar vergeet nooit te kijken waar u uw voeten neerzet.

Eerst goed kijken en dan pas uw voet plaatsen. En denkt u vooral... aan de vijftig meter...'

'Dat vergeet ik niet, neem dat maar van mij aan. Ik loop hier het risico te ontploffen, niet u.'

Hij schudt zijn hoofd en mompelt: 'Wat een waanzinnige geschiedenis, dit moet wel een nare droom zijn.'

'Als u naar droomt, dan doe ik het ook.'

'We nemen de plek waar mijn ketting begint als startpunt.'

Thierry weet de modder niet te waarderen, en de ijswand en de dreigende groepjes stalactieten nog minder, wanneer hij die ontdekt. Hij realiseert zich nu pas echt hoe ernstig de situatie is, met die hoge wanden om ons heen die iedere vluchtpoging onmogelijk maken. Wij stellen helemaal niets meer voor, zijn verloren geraakt in de tussenruimten van de wereld.

Onder mijn bemoedigende woorden vertrekt Thierry uiterst voorzichtig in zijn eentje naar het gedeelte van de kloof dat ik niet heb kunnen onderzoeken. Ik hoor het gesis van de lamp steeds verder afnemen en ik stel me voor hoe de reflector verloren uithoeken van de ruimte in het licht zet. Unieke afzettingen, schitterende kristallen en bizarre gedrochten van kalksteen. De duisternis dringt mijn lijf binnen, bezorgt me krampen, ik word omgeven door een oceaan van eenzaamheid en naargeestigheid. Het duister is drukkend hier, een eeuwige nacht, een plaats buiten de tijd, ja, net als in het hooggebergte dwalen we hier buiten de tijd rond.

Een afschuwelijk besef overvalt me. Ineens weet ik bijna zeker dat ze ons nooit zullen komen zoeken. We worden niet vastgehouden in een kamer, een kofferbak of een kelder. Nee, we zitten onder de grond, we zijn zo diep weggestopt dat zelfs geen insect onze lijken zal aanvreten.

Tijdens dit moment van pure verlatenheid, waarop mijn moreel op een dieptepunt is beland, vraag ik me af hoe het met Claudia is. Ik durf me nauwelijks voor te stellen hoe verbaasd ze in eerste instantie zal zijn geweest en hoe ze vervolgens beetje bij beetje in de greep van de ontzetting raakt.

Claudia leeft met een permanente angst, de angst dat ik nooit meer terug zal komen. Ik bewonder haar moed, ik weet zeker dat ze het aankan.

Deze gedachten aan de buitenwereld motiveren me, spannen mijn kaakspieren aan en stoken mijn biologische kachel op. Hopeloze situaties heb ik al vaker meegemaakt, momenten dat de Dood zo dicht was genaderd dat ik zijn adem kon ruiken. Dit is gewoon weer zo'n situatie. Is dat zo erg?

We vinden heus wel een uitweg uit deze verduivelde kloof.

Een flits, voor me, brengt me terug naar de overweldigende werkelijkheid. Het is slechts de gele lichtbundel van de hoofdlamp. Ik hoor vaag een opgewonden stem, en ook de innerlijke angst waarvan deze is vervuld. Thierry moppert, verbaast zich en schrikt, en staat zo te horen nog steeds op het punt in huilen uit te barsten. En ik loop rond aan het einde van mijn strak staande ketting met de ingehouden woede van een gekooide leeuw. Ik tracht deze man te volgen, deze ongelukkige onbekende, gedreven door de hoop iets te ontdekken, deze gevangenis te ontvluchten, het daglicht weer te zien en ten slotte de warmte van een hand te voelen. Ik hoor gedempte kreten als Thierry neerknielt onder de schoorsteen die tien meter hoger recht boven hem uitmondt, een opengesperde bek vol uitgestrekte, onbereikbare duisternis.

'Help! Help!'

Hij staat weer op en springt op en neer, steeds minder energiek, nu al de uitputting nabij.

Ik laat hem zichzelf afmatten, hij heeft het nodig zijn stembanden te pijnigen, zich ervan te overtuigen dat hij er alles aan heeft gedaan.

Zodra hij weer rustiger wordt, leid ik hem op bewust autoritaire toon: 'Daar, aan uw linkerkant. Die rotsengte. Probeer daar eens in te gaan. En wees voorzichtig met de gasslang...'

Hij steunt zwaar met zijn handen op zijn knieën en hijgt.

Door de kou en het vocht leidt iedere inspanning tot een brandende pijn in zijn lijf.
'Daarin? Maar...'

'Ik weet het, het is luguber, en geloof me, ik zou zelf zijn gegaan als ik die verdomde ketting niet had. Maar wees niet bang. Gewoon heel voorzichtig een stukje erin gaan en terugkomen naar mij in geval van moeilijkheden.'

Hij hoort me aan en gaat dan in de richting van dat gat in de rots, bewaakt door minerale waterspuwers, scherpe stalactieten en stalagmieten die het de aanblik geven van de muil van een diepzeemonster. Ik ben woest, ik haat mijn ketting en trek er met mijn pijnlijke been dat al onder de blauwe plekken zit hard aan, ook al weet ik dat het volkomen nutteloos is. Net als Thierry heb ik er behoefte aan me tot het uiterste te verzetten.

Ineens zie ik geen lichtkring meer. Alleen nog de zwarte mantel van het duister.

'Thierry?'

Geen antwoord. Stilte en duisternis overvallen me. Mijn lichaam verliest zijn stoffelijke gedaante, ik zweef.

'Thierry?'

Het licht is terug, hoe kortstondig ook.

'Alles is oké!' schreeuwt hij. 'Een windvlaag had de vlam gedoofd! Verdomme! Ik flipte me toch!'

'Dat is een goed teken! Er is dus een uitgang daar! Of een gangenstelsel!'

Ik verwacht een antwoord maar er komt een brul. En nog een. En dan niets meer.

'Thierry! Thierry!'

De tijd. De tijd stroomt vertraagd door mijn aderen, iedere seconde wordt oneindig ver opgedeeld. Ik denk dat hij is gevallen, ik denk aan een ongeluk, en ook aan mijn toekomst zonder lichtbron, zonder eten. Moet ik ineengedoken in de donzen slaapzak blijven liggen zonder mijn lijden te kunnen bekorten door er een eind aan te maken? De enige, echte, langzame dood. Het gebeurt zelden dat een alpinist van ouderdom sterft. Ik ken er in elk geval geen een.

Ineens hoor ik stenen rollen. Opluchting. Thierry verschijnt in mijn gezichtsveld, bij de ingang van de holte. Ik zou er haast blij mee zijn.

'Het is niet waar!' gromt hij.

Zijn stem klinkt anders. Lager, vanwege nieuwe verschrikkingen.

'Wat?' vraag ik.

'Verdomme! Het kan gewoon niet!'

Opnieuw gaat hij tekeer op zijn gezicht vol bouten. Hij schreeuwt van woede, ik snel op hem af, maar mijn keten belemmert mijn been en ik val hard voorover. Met mijn kiezen op elkaar sta ik weer op, mijn knieën bont en blauw, terwijl Thierry me meldt: 'Er liggen daar vijf gaspatronen voor een brander, een steelpan, twee aanstekers, borden, een therm...'. Er volgt een stilte en dan: '... een rectaalthermometer, een spiegel en zelfs twee liter wodka! En... en ook twee sinaasappels! Twee armzalige sinaasappels!'

Een warme gloed trekt door mijn lijf.

'Dat is toch goed nieuws? En wat nog meer?'

Thierry sleept zich naar me toe. Zijn verzwaarde hoofd schommelt als dat van een koe op weg naar de stal. Zijn adem die ruikt naar oudbakken mummie doet pijn aan mijn neusvleugels.

'Wat er nog meer is? Verder niets! Afijn, niet echt...'

'Hoe bedoel je dat?'

Hij zakt langzaam in elkaar en slaat zijn armen om zijn ijzeren schedel.

'Ik geloof dat dit verhaal heel slecht af gaat lopen... Daarbinnen ligt een kerel met een revolver in zijn hand!'

'Wat?'

'Hij heeft zichzelf voor zijn kop geschoten...'

Thierry heeft het lijk aan zijn enkels meegesleept en het vlak voor me achteloos laten vallen, alsof het een homp vlees betreft. Zijn gedrag verbaast me, net zat hij nog te jammeren over zijn bevroren vingers en nu loopt hij met verbazingwekkende nonchalance aan een dode te trekken.

Ik beweeg me niet, niet in staat een vin te verroeren. Het is altijd vreselijk een dode te zien, ook in het hooggebergte is me dat wel eens overkomen, in de zone des doods. Gemummificeerde alpinisten, door de vorst in de houding van hun laatste beproevingen verstijfd, die noch per helikopter noch door menskracht kunnen worden geborgen. Er zijn zelfs bekkens te vinden, menselijke overschotten, botten, kleding, schoenen.

De dode waar het hier om gaat draagt ook geen schoenen, zelfs geen sokken. Hij is feitelijk helemaal naakt. Rondom zijn dij is een grote tatoeage van een adelaar met gouden en vuurkleurig gevederte aangebracht.

'Nou?' bijt Thierry me toe terwijl hij het magazijn van de revolver openmaakt.

Moeilijk om te zeggen. De lege blik van het lijk doorboort me en door de witte dampwolken van onze ademhaling heen lijkt het duister op hem af te kruipen, klaar om hem op te slokken. Ik kniel bij hem neer en sluit bedrukt zijn oogleden.

'Ik ken hem niet...'

Ook Thierry gaat op zijn hurken zitten en zegt op tergend neutrale toon: 'Ik weet niet waarom, maar ergens had ik het verwacht. En weet u wat?'

'Ja, ik weet het. U kent hem ook niet.'

Hij doet zijn handschoen uit en onderwerpt het gat dat aan de achterkant van de schedel van de man gaapt aan een nauwgezet onderzoek. Het bot is letterlijk uiteengebarsten, de rossige haren van de overledene rondom de krater zijn verbrand voordat ze door het coagulerende bloed aan elkaar geplakt zijn geraakt. De man moet de loop in zijn mond hebben gestopt voordat hij schoot. Ik wijk met afschuw achteruit als Thierry het verstijfde hoofd loslaat, dat met een vreemd hol geluid op de grond klapt.

'Hij is het, die idioot die ons hier heeft opgesloten! Hij heeft zelfmoord gepleegd en laat ons in een onmogelijke kutsituatie achter!'

'Als het hem werkelijk was geweest, hadden we wel afdalingsmateriaal en kleding gevonden. En een van ons tweeën had hem vast gekend, niet? En waarom is hij naakt?'

'Waarom? Zodat we zijn kleren niet kunnen gebruiken, zodat ik zijn sokken niet kan pakken, verdorie! Zelfs geen onderbroek, niets! Hij heeft vast alles in de karstpijp gegooid, verdorven tot in de dood! Pak de brief eens! Het staat er, zwart op wit!'

Met tegenzin pak ik de brief. Thierry stort zich erop. Zijn vingertoppen zijn zwart van kleverig, geronnen bloed.

'Daar! *Uw voorwaarden om dit te overleven zijn hier bijeen. Op deze plek, in deze brief heeft u alles in handen wat u nodig heeft om zich eruit te redden. Zoek achter de spiegel van uw misdaden en bied het hoofd aan uw demonen. U moet uw vrijheid verdienen. Wat mij betreft, ik heb de mijne al genomen...* Ja ja, dat is wat je noemt de vrijheid nemen!'

Ik moet toegeven dat zijn redenering klopt. De logica wijst op zelfmoord, en ook onze observaties wijzen daarop. Een brief met instructies, een man die diep in zijn hol is weggekropen om een eind aan zijn leven te maken en kruitsporen op de rechterhand van het lijk, wat erop wijst dat hij de revolver in zijn hand had toen er werd geschoten. Toch spreek ik hem tegen: 'Tenzij het doorgestoken kaart is. Ze kunnen hem heel goed dood of zelfs levend hiernaartoe hebben gebracht... En net hebben gedaan of het zelfmoord was...'

'O ja? En waarom dan wel? Waarom zouden ze zo'n gast helemaal hierheen brengen terwijl u en ik hem beiden niet kennen?'

'Dat weet ik helaas niet. Weer een stukje van de puzzel die wij moeten oplossen.'

Thierry is opgestaan en houdt een kogel tussen zijn duim en wijsvinger.

'De enige die over is... Waarom doet iemand twee kogels in het magazijn? Uit angst zichzelf te missen? Met zo'n kaliber is dat niet eenvoudig. Of... waren ze soms voor ons bestemd?'

'Die kogel, die maakt vast...'

'... ook deel uit van de puzzel, ik weet het. Alleen heb ik een pesthekel aan puzzels.'

Met beide handen grijpt hij de ijzeren kaken van zijn masker stevig vast en tracht ze grommend uit elkaar te trekken. Ik weet niet hoe lang hij zijn ijzeren gevangenis nog verdragen kan. Persoonlijk zou ik mijn schedel keihard tegen de rots aan beuken. Alleen die keten al...

Verbouwereerd onderzoek ik het lijk nog eens goed, ik begrijp er niets van. Voor zover ik weet, heb ik dit fijne, gebeeldhouwde gezicht op een robuust lijf nooit eerder gezien. Ik heb geen vijanden die getikt genoeg zijn om een dergelijke valstrik voor me op te zetten, ik zie geen enkele reden me hier vast te houden. Sinds ik vorig jaar heb vernomen dat Claudia leukemie heeft, klim ik niet meer, ik leef onzichtbaar, in de schaduw van een ziekenhuisbed. Ik ga anoniem door het leven, als een geestverschijning die opgaat in de massa. Maar waarom dan? Een overheidsexperiment? Het testen van het aanpassingsvermogen van een alpinist in extreme omstandigheden? Nagaan of het mogelijk is interstellaire reizen te maken, naar Mars bijvoorbeeld? Of te overleven in atoomvrije schuilkelders, in geval van een nucleaire winter? En hij dan, die Thierry? Belachelijk. Volkomen belachelijk. Ik ben serieus de weg kwijt.

Terwijl ik opnieuw het lijk onderzoek, wordt mijn blik plotseling naar zijn linkerhand getrokken. Ik buig me eroverheen en til hem op.

'Ook hij bezat een trouwring, en die is wel weggenomen...'

Ik moet toegeven dat mijn moreel deze keer een flinke knauw heeft gekregen. Onze nabije toekomst voorspelt niet veel goeds. Geen uitweg, moeilijke levensomstandigheden –

ik heb het er nog niet met Thierry over gehad, dit is niet het moment –, een lijk en, vooral, geen eten. Sterkedrank, twee sinaasappels. Normaal kunnen we, tot het uiterste gedreven om te overleven, twintig, dertig, zelfs veertig dagen volhouden zonder eten, zoals boeddhistische monniken wel eens doen. Als we maar voldoende drinken. Maar met deze kou en vochtigheid... zullen we zeer snel verzwakken, en dan...

Nee, er kan geen sprake van zijn dat mijn organisme verzwakt! Dat laat ik niet gebeuren! Niet hier, onder de grond, begraven als een miserabel beest! Ik sta op en spoor Thierry aan de inspectie van de ijskrater voort te zetten. Bewegen moeten we, onmiddellijk, onze spieren aan het werk zetten, de moed erin houden. Tegen elke prijs het lugubere mechaniek van de langzame dood stopzetten. Niet nadenken, niet nu. De omgeving... Alle mogelijkheden ervan onderzoeken voordat... voordat...

Mijn lotgenoot stopt de kogel weer in het magazijn, schuift het wapen tussen zijn elastieken broekband en aanvaardt zijn missie. Ik wil niet dat hij met zo'n wapen rondloopt, aangezien ik hem op grond van wat hij tot nu toe heeft laten zien, inschat als een impulsief persoon. Wat weet ik nu helemaal van hem? Binnenkort moeten we maar eens praten van man tot man, en dan kan ik het pistool innemen.

Helaas verloopt dit tweede 'inspectiebezoek' niet anders dan het eerste. Blanco. Mijn teamgenoot heeft verder niets in de rotsholte ontdekt, hij meldt me dat tientallen, honderden rotsblokken de doorgang achterin versperren, de luchtstroom van daarachter komt en het wellicht mogelijk is zich daar een weg te banen door de zware obstakels een voor een te verplaatsen. Ik geloof hem graag, ik heb het nodig erin te geloven, ook al heeft Thierry al geprobeerd ze te verplaatsen en is dit op niets uitgelopen.

Hij draait zich naar me toe en vraagt: 'En nu?'

'Wilt u een sinaasappel, een steelpan, twee glazen, de brander en de spiegel halen?'

Knikkend loopt hij weg. Zijn ziekelijk trage tred getuigt ervan hoe moedeloos hij is.

Het zo gevreesde moment is aangebroken. Het hartverscheurende kantelmoment waarin we ons lot zullen moeten aanvaarden, we urenlang, dagenlang aan onze vrouwen gaan denken, en het door onze gedachten gaat spoken dat we vaker hadden moeten zeggen dat we van ze hielden. Vervolgens gaan we denken aan een bad, een bed, een biefstuk, chocolade, een suikerklontje, aan de zon, aan de kleur van een grasspriet en het gesjirp van krekels. Misschien gaan we wel bidden tot God. Iedereen gaat uiteindelijk op dat soort momenten bidden, zelfs zonder te geloven.

Verderop verheft de tent zich, hij staat ons in zijn rode onbeweeglijkheid als een bloedrode piramide op te wachten. De tent dient nergens toe, erbinnen is het even bijtend koud als erbuiten, maar het is een scherm dat onze blik kan begrenzen, dat helpt om de vijandigheid van de omgeving te vergeten, een plek om ons terug te trekken en die in al zijn eenvoud wat warme huiselijkheid schept. Ons lichtpuntje in de eeuwige nacht.

Ik weet dat dit alles staat te gebeuren, dat het een lijdensweg wordt, dat beestachtige instincten boven zullen komen die ons afstompen en verscheuren, dat we zelfs op een punt komen dat we dood willen, een goede, snelle dood. Maar de dood zal langzaam komen… Tergend langzaam…

We laten het stoffelijk overschot maar even aan zijn lot over. Moeten we hem de afgrond ingooien of proberen hem te begraven aan de voet van de gletsjer? Hem bont en blauw slaan voor alle ellende die wij door zijn toedoen zullen beleven? Zit hij werkelijk achter onze ellendige situatie of is hij slachtoffer, net als wij? Al deze vragen branden op mijn lippen, en ik sta daar maar, machteloos. Wellicht krijg ik de antwoorden nooit.

Terwijl we in de richting van de tent lopen, doet een plotseling rumoer ons stokstijf stilstaan en in een reflex heffen we allebei onze armen boven ons hoofd en duiken in elkaar. Het lijkt wel of honderden enorme knikkers in een emaillen gootsteenbak kletteren.

'Verdomme! Wat is dat?' roept Thierry uit.

Ik hoor nog meer stenen rollen, tegen obstakels stuiteren en verdwijnen in oneindige diepten.

'Een bergstorting', antwoord ik. 'Steen... Een kloof is een levend organisme en hij is niet gelukkig met ons bezoek. Geef mij die spullen maar. Ik kom zo achter u aan...'

Thierry laat alles vallen en rent ineengedoken voor me uit. Ik raap de achtergelaten voorwerpen op en loop naar de karstpijp, mijn neus gericht op dat firmament vol scherpe punten. Ik frons mijn voorhoofd en klem mijn kiezen op elkaar. Een nieuwe, onmogelijk te beheersen dreiging...

Daar is de spiegel, tussen mijn trillende wanten. Ik draai hem om, met de spiegelkant naar beneden en gooi hem in het gat. Ik hoor hem ver weg, heel ver weg, kapotvallen in de oneindig diep lijkende stenen maag.

Een spiegel... Degenen die ons hebben ontvoerd, weten vast hoe bang ze me hiermee maken.

Ik richt me nu op de gletsjer. Ik haat gletsjers, ze braken de lichamen van ongelukkige alpinisten uit, lokken ze in de val in hun spleten en herinneren ons er met een duizendjarige woede aan dat de bergen moordenaars zijn. Door met mijn ketting op de bevroren wand te slaan, slaag ik erin vrijwel schoon ijs los te bikken. Nadat ik het heb opgestapeld tussen mijn wanten, stop ik het in de pan en ga terug naar Thierry. De ingang van ons bescheiden onderkomen begint al zwart te worden van de modder. Zonder discipline, zonder hygiëne kon deze plek wel eens binnen de kortste keren onleefbaar worden.

Allebei kruipen we diep weg in onze slaapzak. Een uiterst betrekkelijke warmte daalt langzaam langs mijn wervelkolom naar beneden. Dat doet me goed. Ik zet de pan op de brander en steek hem aan met een van de aanstekers. Thierry doet zijn handschoenen uit en houdt zijn vingers bij de blauwe vlam. Hij gaat zelfs languit liggen, met zijn ijzeren masker vlak bij de welkome warmtebron.

'Lieve hemel, wat doet me dat goed... Godallemachtig...'

Hij draait het gas hoger, het ijs begint aangenaam te knappen. Met mijn nagel krab ik een beetje van de schil van de sinaasappel om onze drank wat smaak te geven.

Thierry gaapt, zijn kaken knappen onder het metaal.

'Vreemd, ik heb slaap. Hoe kan het nu toch dat ik onder zulke omstandigheden toch zin heb om te slapen? Met alles wat ons overkomt?'

'Het is vast al midden in de nacht, ik begin ook moe te worden. Dat verschijnsel wordt versterkt door de duisternis. We verliezen hier ieder gevoel voor tijd, de tijd glipt ons door de vingers. En ik geloof dat we op onze biologische klok moeten vertrouwen om... te weten...'

Hij houdt zijn vingers heel dicht bij de vlam, zijn nagels die paars waren geworden van de kou krijgen weer een gezondere kleur.

'Die biologische klok interesseert me geen donder. Ik zal hier nooit kunnen slapen. Straks ga ik terug naar de rotsholte. Die rotsblokken... We moeten een manier vinden om ze weg te halen. Ik... Ik wil mijn vrouw terugzien, begrijpt u?'

'Hoe is ze?'

'Watte?'

'Uw vrouw. Wat is het voor iemand?'

Hij wrijft over zijn trouwring.

'Weet ik het! Wat moet ik over haar zeggen?'

'Laat maar zitten. Ik probeerde alleen een gesprek aan te knopen.'

Na even te hebben nagedacht, vertrouwt hij me toe: 'Ik denk dat... dat als ik om zou komen, ze.. ze nooit een nieuw leven zou beginnen, met een ander...'

'Waarom dan niet?'

'Ze zou bang zijn dat ze mij zou verraden... Ze gelooft in reïncarnatie, in geesten en al dat soort onzin...'

Hij kijkt me strak aan en gaat dan verder.

'Heel gek, we hebben er vorige week nog over gepraat. Wat er met de ander zou gebeuren als een van ons zou sterven. Alsof... alsof we een voorgevoel hadden.'

Mijn maag komt in opstand. Ik vraag: 'Heeft u niets vreemds opgemerkt de laatste tijd? Het gevoel te zijn gevolgd? Dat uw echtgenote... zich anders gedroeg?'

'Nee, helemaal niet.'

Ik voel dat hij aarzelt. Na even te hebben gezwegen gooit hij het er eindelijk uit.

'Er is één ding... Ik weet niet of er een verband bestaat... Ik...'

Hij voelt aan zijn masker ter hoogte van zijn linkerslaap, zijn hoofd is gebogen. Ik buig me naar hem toe en zeg: 'Wat is er? Kom op, zeg het me dan!'

'Ik... ik had al meer dan vijf jaar een oorbel in mijn linkeroor. Een oorbel, altijd dezelfde. En een dag of veertien geleden bracht Emilie een andere voor me mee. Een kleine slang van goud, met een minuscule diamant als oog. Een heel mooi sieraad.'

'Waarom gaf ze u dat cadeau?'

'Ik weet het niet, er was niets speciaals te vieren. Ze zei me alleen dat ze de oude niet mooi meer vond. En ze wilde me een plezier doen. Ik koop nooit iets voor mezelf.'

Ik leg mijn hand op de zijkant van zijn metalen globe.

'Curieus... En uw oren zijn door het masker natuurlijk onbereikbaar.'

Thierry zwijgt langdurig, balt dan zijn vuist en zegt: 'U denkt toch zeker niet dat Emilie hier iets mee te maken heeft? Het is gewoon een samenloop van omstandigheden!'

'Al goed, al goed, maar dat neemt niet weg dat het u is opgevallen en er met mij over heeft gesproken...'

'Dat zegt helemaal niets!'

'Zeg, wordt er bij waardevolle sieraden op de achterkant geen nummer ingegraveerd? Als een tatoeage?'

'Ja, ja... Er stond inderdaad een nummer op... Maar daar heb ik echt niet op gelet...'

'Van hoeveel cijfers?'

'Ik heb er niet op gelet, zeg ik toch! Vijf, zes, tien!'

Mijn kaken spannen zich. Dit gruwelijke 'spel' loopt uit op mentale marteling. Peinzend zeg ik: 'Weet u, ik denk dat we voor het openmaken van de kluis uw masker af moeten krijgen.'

Nerveus haalt hij zijn schouders op.

'Tuurlijk, akkoord, dat kloteding van mijn hoofd afhalen, net zo makkelijk. Want u denkt dat de combinatie van het slot achter op mijn oorbel staat? U geeft niet gauw op, hè? Ik zeg u toch dat mijn vrouw er niets mee te maken heeft!'

Hij windt zich vreselijk op, we komen later wel terug op zijn aandeel. Ik verander van onderwerp.

'Goed, voordat u zich op die rotsblokken werpt, kunnen we ons beter eerst even organiseren. Materiaal van de rotsholte hiernaartoe brengen, autonomieberekeningen maken. U zou wel eens zeer snel uitgeput kunnen raken, en...'

'Autonomieberekeningen? Waar is dat goed voor, we weten toch helemaal niet hoe lang we hier opgesloten blijven! En ze hebben ook nog eens mijn horloge gejat. Als ik wil graven, ga ik graven, ja?'

'Zoals u wilt... Ik kan u helaas niet helpen.'

'Uw keten, ik weet het... Als ik het goed begrijp, gaat u niet veel uitvoeren.'

De drank verspreidt een heerlijke sinaasappelgeur, de oude pan is zo gloeiend heet dat hij gebruikt zou kunnen worden als brandijzer om een amputatiewond dicht te schroeien. Ik vul onze glazen. Thierry kijkt me aan zonder wat te zeggen en zet zijn beker met beide handen aan zijn lippen. Ik zie hem zijn ogen sluiten onder de weldadige streling van de hete damp. Plotseling bijt hij me toe: 'Waar is de spiegel?'

'Die heb ik weggegooid.'

'Wat? Bent u getikt of zo?'

'Daar heeft u hier toch niets aan!'

'Wat weet u daar nu van? Misschien maakt hij wel deel uit van hun plannen! Wellicht is het een essentieel onderdeel van deze krankzinnige situatie!'

Ik reageer niet. Met dat masker op kan mijn buurman zijn drinken slechts voorzichtig in de richting van zijn mond gieten. Opnieuw benadert hij me agressief.

'Verdenkt u mij ervan verantwoordelijk te zijn voor onze aanwezigheid hier, of vergis ik me? Mij, of mijn vrouw?'

'Vooralsnog weet ik het niet.'

'Jawel, met dat verhaal over die oorbel! U gelooft erin! Welnu, of u het nu gelooft of niet, volgens mij komt het door u dat ik hier opgesloten zit.'

Deze volkomen uit de lucht gegrepen opmerkingen beginnen me de keel uit te hangen, maar ik houd me in, ik begrijp dat hij de weg kwijt is.

'O ja? En waarom dan wel?'

U heeft me verteld dat u aan bergbeklimmen doet. Wat voor soort bergbeklimmen?'

'Hooggebergte.'

'Hooggebergte, hooggebergte. Wat wil dat zeggen, hooggebergte? De Vogezen, de Jura? De Pyreneeën?'

'Ik heb de een na hoogste top van de wereld beklommen.'

Hij fluit. Een vreemde metalige klank.

'Eentje zoals de Everest?'

'De K2, om precies te zijn... De "Zwarte Piramide", de "Berg der Stormen", de "Berg der Bergen", deze berg heeft de meest afschuwelijke bijnamen gekregen. Een compacte steenhoop met een wirwar van graten, glimmende ijshellingen en elders weer groene flanken. Onmogelijke, volkomen verijsde grepen. Een droom, een nachtmerrie.'

'Uw ogen beginnen te glinsteren. U lijdt graag, geloof ik? Ik heb dat al eens op tv gezien, kerels die overnachten in ten-

ten die tegen rotswanden hangen, die gaten hakken in de sneeuw, die ijs opzuigen om te overleven, nauwelijks eten, minder nog dan beren in winterslaap. Zo eentje bent u er ook, hè?'

'Nou en?'

'Vindt u niet dat wat we nu allemaal meemaken griezelig veel daarop lijkt?'

Na een korte aarzeling antwoord ik: 'Misschien. Maar ik ben vastgeketend. Niet u.'

Zijn stem begint te trillen.

'Mijn situatie is toch moeilijk vrij te noemen. U, u bent gewend aan de kou. Mijn voeten zijn steenkoud, zelfs met mijn schoenen aan. Mijn handen en voeten zijn supergevoelig omdat mijn bloedcirculatie slecht is.'

'Gewend aan de kou? Heeft u het al wel eens zo koud gehad dat u zichzelf zo hard moest slaan dat uw botten bijna braken omdat wrijven niet meer hielp om de bloedsomloop te stimuleren? Of dat u twaalf lucifers moest afstrijken omdat u te veel trilde om de brander aan te steken die u het leven moest redden? Geloof mij maar, aan kou wen je nooit.'

Thierry luistert niet echt naar me maar grijpt me bij mijn pols.

'Zeg, geeft u me uw sokken? Alstublieft! Ik trek het nu al niet meer.'

No way. Ik ga niet op zijn verzoek in en zeg: 'Laten we ons nu eens met u bezighouden. Laten we het eens hebben over het gemak waarmee u die dode man meesleepte en betastte. U maakte niet echt een geschokte indruk. Overkomt het u vaak, dat u lijken vindt? Waar bestaat dat lopendebandwerk van u eigenlijk uit?'

'Ja hoor! We zijn er! Na Emilie ben ik aan de beurt om te worden verdacht! Had ik dat niet gemogen? Ik werk al meer dan vijftien jaar in een abattoir. Twaalf jaar in Bretagne, drie in Albertville. Ik snij allerlei soorten dieren aan stukken, ontbeen ze, verwijder hun ingewanden en schroei ze. Als u ook maar een fractie had gezien van wat ik heb gezien, dan zou u nooit van uw leven meer goedkoop vlees eten.'

Schei uit, ik zie de gegrilde karbonades al voor me. Ik houd ervan goed te eten, zonder op geld te letten, tussen twee expedities in waar het niets dan ontberingen is wat de klok slaat. Des te meer nu ik me de laatste tijd, door de ziekte van Claudia, heb overgegeven aan de snelle hap. Een maaltijd van vleessaus, gesmolten boter en Charlotte-aardappelen.

'Ik ben gek op vlees,' gaat hij verder, 'ik kan me er volledig aan te buiten gaan. Dus toen ik besefte dat er geen eten was, dat we ons in een gigantische natuurlijke diepvriezer bevonden met een homp vlees van vierentachtig kilo onder handbereik, geloof ik dat ik even aan iets onvoorstelbaars heb gedacht. Heel kort, hoor, maar ik heb eraan gedacht, ik kan er niets aan doen. En ik ben ervan geschrokken.'

Woest staat hij op, grijpt de lamp, slingert hem op zijn rug en zegt nog: 'Ik wil dit niet meemaken! Ik wil geen beest worden! U, u bent een harde jongen, u kunt het lang volhouden zonder eten. Ik niet. Blijft u daar maar zitten kijken, als u dat wilt, aan het eind van uw ketting, maar ik ga die verdomde rotsblokken aan de kant schuiven! Tot ik er van uitputting dood bij neerval!'

Als hij wegloopt, kan ik de kolf van het wapen in zijn broek zien zitten.

Ik schaam me. De kannibalistische gedachte van Thierry is mij ook door het hoofd geschoten, zo-even. Zonder kennis van zaken heeft hij toch gelijk, ons organisme gaat overschakelen naar een toestand waarin alleen overleven telt, waardoor we het risico lopen in beesten te veranderen en ten prooi te vallen aan de primitiefste instincten. Met name het instinct kost wat kost in leven te blijven. En dus te eten.

Verdwaasd van angst blijf ik alleen achter, met het blauwe vlammetje van de brander dat ik niet wil uitblazen.

En toch blaas ik het uit. Ik heb het gevoel dat het leven zelf uitdooft.

Ik denk aan Claudia. In deze ruimte waar de wereld ver, ver weg is, denk ik aan Claudia, en ik word overvallen door de angst voor het niets...

'We laten de brander aan terwijl we slapen, goed? Dat verwarmt ons een beetje, daar knappen we van op. Morgen moeten we nadenken, opnieuw heel goed nadenken. We zullen eruit komen. De rotsblokken verplaatsen. Of ze kapotslaan. Er is een manier, ik weet dat er een manier is.'

Eindelijk houdt Thierry op met mompelen. Hij ligt met zijn onderbroek en sokken aan ineengedoken in zijn slaapzak te bibberen, terwijl de damp nog uit zijn vochtige kleding slaat die bij de ingang van de tent is uitgehangen. Hij heeft zich langdurig beklaagd over zijn voeten, hij heeft ontzettende last van de kou. Zonder hem wat te zeggen heb ik hem het minst hobbelige gedeelte van de vloer gelaten, rechts van de ingang. Ikzelf ben geboren in een caravan, ik kan praktisch overal slapen, zelfs verticaal als het moet. En op de hellingen van de K2 zijn de horizontale stukken ook dun gezaaid.

Thierry is uitgeput, zijn handen lijken wel bloederige stukken puimsteen. Ik heb hem uren en uren horen zwoegen en krabben, minieme succesjes op de rotswand behalen, terwijl ik in die tijd de brief nog eens van alle kanten heb bekeken. *Uw voorwaarden om dit te overleven zijn hier bijeen, op deze plek, in deze brief heeft u alles in handen wat u nodig heeft om zich eruit te redden. Zoek achter de spiegel van uw misdaden en bied het hoofd aan uw demonen.* Welke misdaden? En hoe zouden deze onzinnige woorden ons kunnen helpen hier weg te komen? Er moet een verband zijn met de kluis met het hangslot. Bevat die misschien de sleutel van mijn keten? Of die van het masker van Thierry? Een kaart waarop staat hoe we weer aan de oppervlakte kunnen komen? Of een grote hoeveelheid gevriesdroogd voedsel? In ieder geval moet die stalen kubus essentieel zijn voor onze redding. Net heb ik er even aan geschud maar ik hoor niets tegen de binnenwanden rammelen. Acht cijfers moeten er worden gevonden. Honderd miljoen combinaties. Ik heb verjaardagen, belangrijke gebeurtenissen en nummers die voor mij iets te betekenen hebben geprobeerd. Thierry heeft het ook gedaan, zonder succes. Kon hij zich dat nummer van die oorbel nu nog maar herinneren, want ik ben ervan overtuigd dat er een verband bestaat. Uiteraard heb ik eraan gedacht de revolver te gebruiken, aan de mogelijkheid ermee op dat reusachtige hangslot te schieten. Maar de sluitbeugel is veel te dik, dat zou nooit werken. Die van het masker van Thierry is minder massief, die zou ik open kunnen krijgen door erop te schieten, denk ik. Maar daarbij zou ik zijn hoofd waarschijnlijk meenemen. Een tikje radicaal, die oplossing.

In ieder geval ben ik er net als Thierry volledig van overtuigd dat deze kogel nog waardevol voor ons kan zijn, al weet ik niet waarom. Alles hier lijkt te zijn berekend.

Ik draai de knop van de brander met een resoluut gebaar dicht en leg uit: 'Het spijt me maar het licht gaat uit. Om vier redenen. De eerste is het gevaar van verstikking door koolmonoxide. De tweede is dat we zuinig moeten zijn met brandstof. U had het over vier extra vullingen. Als we de brander constant aan laten staan, lopen we het risico zonder te komen zitten.'

'Nou en? We hebben niks te kanen! En we weten niet wanneer we hieruit komen!'

'We hebben het gas nodig om ons te wassen en, geloof me, binnenkort zullen we heus blij zijn als we iets warms te drinken hebben.'

'Dat zal me eerder mijn neus uitkomen!'

'U zult nog wel zien... De derde reden is dat we zo het tentdoek in de brand kunnen steken... En de laatste is wellicht de belangrijkste. Het vocht.'

'Hoezo, het vocht?'

Ik wijs op de druppeltjes die aan de binnenzijde van de tent hangen.

'Wij bevinden ons op een plek die oververzadigd is van vocht. De vochtigheidsgraad gaat naar de honderd procent. De warme lucht die door het vuur wordt gegenereerd stijgt op, raakt het koude tentdoek en condenseert onmiddellijk tot druppels. Hier, bij een temperatuur van nul graden Celsius, schat ik, bevindt zich ongeveer vijf gram water per liter lucht, dus stelt u zich de gevolgen eens voor als we de duizenden liters om ons heen verwarmen. Die druppels sijpelen naar beneden zodat het schuimplastic op de grond en onze slaapzakken doorweekt raken. Waar wij ons bevinden is een doorweekte man ten dode opgeschreven. Dus we laten de brander uit.'

Ik heb het niet over de ernstige problemen die deze met water verzadigde hel op den duur zal opleveren voor onze longen, voor ons hart. Thierry heeft al genoeg voor zijn kiezen gekregen. Toch zegt hij me: 'U heeft het niet koud, dat is wel duidelijk.'

'Ik heb het even koud als u, wat denkt u nu eigenlijk! Ik beklaag me alleen niet om de twee minuten...'

Hij grijpt de onderkant van mijn donsjack beet.

'Mijn zoon, mijn vrouw... Ik wil ze gewoon terugzien... U, u kunt zich niet voorstellen hoe dat is... De angst die zij moeten doormaken op dit moment... Voor mensen als u tellen alleen bergen, uitdagingen, records die gebroken moeten worden ... U bent niet bang om dood te gaan... Ik knijp hem als een ouwe dief. Elke seconde dat we hier zitten. Dus ja, ik klaag!'

Ik reageer niet, al moet ik op mijn lippen bijten. Vertellen over Claudia, uitleggen onder welke omstandigheden ik haar heb ontmoet, betekent oude wonden openrijten. Ik praat nooit over mijn verleden. Tegen niemand. Wie zou nu denken dat ik toen ik tien was hoogtevrees had, op handen en voeten aan de rand van een afgrond stond? Dat ik, de 'Duizelaar', met mijn hoge stemmetje, het mikpunt van spot was in een familie van gidsen en klimmers? Men denkt de mens te kennen, doch men raakt slechts aan de sportman, de zelfverzekerde persoonlijkheid, gefascineerd door de verticale dimensie. De man die bang is voor spiegels heeft, vanbinnen, veel meer geleden dan de geoefende alpinist.

Liever richt ik me weer op onze situatie, op de realiteit van nu.

'Als we morgen wakker worden, gooien we het lijk in de karstpijp. Daarna brengt u alles wat er in de rotsholte ligt hiernaartoe. Goed?'

'Ik weiger hem in de pijp te gooien. Morgen, nou ja, later, bedoel ik, zal ik hem achter in de smalle grot neerleggen. De politie zal zijn identiteit willen vaststellen. En ik ook. Ik wil begrijpen wat er met ons gebeurt.'

'Nee! Ik wil niet dat hij hier, in onze leefomgeving gaat verrotten!'

'Ik heb het gevoel dat u angstig bent. Bent u zo bang voor de dood? Slechte herinneringen? De bergen?'

Als ik angstig ben, wordt mijn stem nog hoger dan normaal. Een onverdraaglijke afwijking.

'Met... met al dat vocht hier... gaat een lijk zeer snel tot ontbinding over, zelfs in deze kou. Het gaat opzwellen, valt uiteen en de lucht zal ondraaglijk worden. Om die reden, echt alleen om die reden, wil ik dat het verdwijnt.'

Ik lieg. Ik weet waartoe het sluipende monster van de overlevingsdrang kan leiden. Dan kun je maar beter geen keus hebben. Alles... Maar dat niet...

Thierry blijft nog een paar seconden broeden en antwoordt dan: 'In dat geval zal ik hem met ijs overdekken... We bewaren hem voor de politie. Ja, we moeten alle bewijzen bewaren. Om het te begrijpen. Waarom zouden we hem in de pijp gooien? Omdat u zo heeft beslist? Nee, echt niet... Tot morgen. Of tot straks. Of tot weet ik wanneer...'

Zo laat hij me achter, omringd door het gekwinkeleer van vogels vastgelegd in de groeven van het vinyl. Wat een bizarre gewaarwording, ik heb echt het gevoel dat deze kwetteraars blind rondvliegen in onze reusachtige rotskooi. Mijn oogleden vallen dicht en bijna helpen ze me voor de duur van een droom deze gruwel te ontvluchten...

Tijdens deze zware minuten van morele doodsnood hoor ik Thierry woelen. Zijn ijzeren masker bonkt tegen de grond, het moet een afschuwelijk gevoel zijn zo opgesloten te zitten. Niet in staat te zijn je wang te krabben, over je gezicht te wrijven, je te wassen. Ik beklaag hem, uiteindelijk vind ik mijn keten minder erg. Terwijl ik aan deze dingen denk, besef ik dat we ons nog niet hebben gewassen. De eerste gewoonte die begint te vervagen. Dat gebeurt zo snel.

Als hij slaapt, ga ik in mijn eentje het lijk verdonkeremanen. Ik geloof dat Thierry het onbewust wil bewaren vanwege een overlevingsinstinct dat bij hem gevaarlijk de kop op begint te steken. Dat de aanwezigheid van vlees, ergens, zijn duistere kant geruststelt.

Zo zinkt alles weg in de vredige rust van vogelmelodieën en boven onze hoofden, op het tentdoek, tikkende druppels. Dit van de dolken van ijs lekkende water verontrust me, het is nu meer dan eerst. Het lijkt wel alsof onze toch zeer bescheiden aanwezigheid en de paar watt warmte die onze organismen afgeven deze trage, al eeuwen bestaande verzadigde toestand verstoren. Verbijsterend.

Ik open en sluit onophoudelijk mijn ogen. Ik weet niet in welk tempo de tijd verloopt, ik ben ieder besef van minuten of uren kwijt. Buiten, aan het aardoppervlak, worden de activiteiten van de mensen gestuurd door het ritme van de elkaar opvolgende dagen en nachten. De stadsmens reageert op geluiden, op kleuren, op variaties. Als de wekker gaat, sta ik op. 's Avonds ga ik naar bed. Om twaalf uur eet ik, zelfs al heb ik geen trek. Op zaterdag duik ik de supermarkt in. Maar wat houdt hier, zonder sociale of kosmische ijkpunten, tijdsbesef nog in? Biologische tijd? De tijd op de klok? Door de hersenen gecreëerde tijd? Hoe zullen onze dagen hier eruit gaan zien? Zullen ze langer worden of juist korter, zullen ze zich gaan onttrekken aan de vierentwintig uur durende cyclus van een etmaal?

Ik steek de enige aanwezige lamp aan, stel hem zo af dat er zo min mogelijk acetyleen wordt verbruikt, en draai hem in mijn richting. Met een scherp steentje dat ik heb opgeraapt, kras ik een verticale streep in het schuim van het kunststof kleed. 1. De eerste dag in de hel...

Ik ga proberen een soort kalender bij te houden op basis van ons levensritme. Als ik slaap heb, ga ik naar bed. En als ik weer wakker word, als ik denk dat ik voldoende uitgerust ben, ga ik ervan uit dat er een dag voorbij is gegaan en zet ik een streep. Het is een uiterst grove berekening, gebaseerd op de elementaire frequentie van mijn vierentwintiguurscyclus, gesteld dat ik die heb, maar ik zie vooralsnog geen andere oplossing. Tenzij ik de exacte lengte van het 'lied van het roodborstje' zou kennen en dat ononderbroken op de pick-up zou draaien. Helaas zou ik niet kunnen zeggen of het nu drie, vijf of tien minuten duurt...

De dagen bijhouden dient absoluut nergens toe. Misschien leggen we uiteindelijk wel het loodje op deze verdoemde plek. Maar ik ben een vechter, ik zal doorleven zolang als dat in mijn vermogen ligt. Hoe lang de lijdensweg ook mag zijn, ik zal tot het uiterste gaan. Mijn duistere kant, die van het kind dat heeft geleden, houdt van pijn.

Ik zet de platenspeler af, geen vogels meer. Ineens zie ik heel vaag, daar, bij het tentdoek een kleine zwarte vorm bewegen. Geïntrigeerd zet ik mijn beker op zijn kant, met de opening naar het dier, waarop de spin naar binnen loopt en ik hem opsluit door de beker over hem heen te zetten. Ik geloof dat het dier bruin is, of zwart, met een gelige band over zijn buik en met dunne, heel dunne, kromme poten. Ik constateer met verbazing dat ook hier, op een zo vijandige plek, nog leven is. Dat er soorten zijn die kunnen overleven dankzij een fenomenaal aanpassingsvermogen.

Ik duw de transparante beker een stukje naar achteren en besluit om mijn nieuwe vriendin Zoé te noemen. Morgen zal ik haar op een paar sinaasappelschilletjes trakteren, en kijken hoe ze daarop reageert. Ik wil graag dat ze me gezelschap houdt tijdens dit langdurige, afgrijselijke avontuur.

Ik zal haar meenemen het daglicht in.

Opeens schrik ik op, Thierry ook. Voor de derde keer wordt de duistere stilte verstoord door een bergstorting. Het is afschuwelijk, het gevoel te hebben dat op ieder willekeurig moment de hemel op ons hoofd kan vallen en dat we niets kunnen doen om het te voorkomen. En als mijn been nu eens verbrijzeld zou worden door een rotsblok, zonder dat ik eraan dood zou gaan? Ik huiver. Thierry, die zijn knieën helemaal tot zijn kin heeft opgetrokken, fluistert meteen: 'Ik weet waarom die kogel in het magazijn is achtergebleven... Het is me nu helemaal duidelijk... Zodra een van ons twee het niet meer aankan... Paf, licht uit...'

Hij heeft het wapen meegenomen zijn slaapzak in toen hij ging slapen. Niet erg geruststellend, wat mij betreft. Mijn hart bonst in mijn keel, ik draai me om naar Zoé, aai met mijn vingertoppen over de beker, doe het licht uit en ga in gedachten naar mijn Claudia.

Ze heeft de donor vast ontmoet, inmiddels, ze weet hoe hij heet, ik ben blij voor haar, ik stel me voor hoe blij ze is. Al moet mijn verdwijning daarop toch een smet hebben geworpen. Ongelofelijk dat ze over negen – of acht – dagen zal worden geopereerd en helemaal alleen doodsbang achter de klapdeuren van de operatiekamer zal verdwijnen. We wachten al meer dan een jaar op dat moment. Wat er ook gebeurt, ik zal bij haar zijn. Hier, of waar dan ook.

Ik masseer mijn voorhoofd en vraag me af of er naar me wordt gezocht, in de wereld van het licht. Waarschijnlijk wel. Ik breng mijn vrouw er altijd van op de hoogte als ik weg moet, afwezig ben of later terugkom dan gepland. Zelfs als ik me op de flanken van de wereld bevind, in gebieden waar zuurstof schaars is, blijf ik met haar verbonden via telefoon, radio of satellietbeelden. Zo is het nu eenmaal. Ik mis haar nu al. Misschien is dat voor mij nog wel het allermoeilijkst te verdragen hier. Geen bericht van haar te hebben en haar niet op de hoogte te kunnen houden. De ergste kwelling die er bestaat, veel erger dan fysiek lijden.

Thierry slaapt. Ik wacht tot hij is weggezonken in een stevige wandeling door het onderbewustzijn, maak mij geluidloos meester van helm en gasfles, trek met mijn kiezen op elkaar de ritssluiting van de tent omhoog en stap naar buiten. De schakels van mijn keten maken een licht rinkelend geluid, ik houd even stil en loop vervolgens nog langzamer verder. Ik kijk omhoog, ik kijk vaak omhoog, Claudia zegt altijd tegen me: 'Het moet wel mooi zijn, wat je daarboven ziet.' Ja, het is mooi, het is zo ontzettend mooi, je moest eens weten.

Achter in de kloof hoor ik gekraak, de gletsjer leeft, haalt adem, het ijs is in beweging. In mijn hoofdlamp zijn ragfijne wolken druppeltjes te zien, het is zo vochtig dat het vocht in de lucht zweeft, haast zichtbaar. Ik zie voor me hoe Armstrong in zijn Zee der Stilte sprong. En hoe ongelofelijk blij hij was met zijn ontdekking.

Ik kijk om mij heen waar de heldere bundel van mijn lichtbron dit mogelijk maakt. Het kind met het dunne stemmetje dat hoogtevrees heeft en bang is voor spinnen verbeeldt zich dat er in het duister allerlei enge schepsels verscholen zitten, beesten uit het binnenste van de aarde, met afgevijlde tanden en levensgevaarlijke klauwen. Het is bizar, maar alle alpinisten die ik ken zijn bang in het donker, en ikzelf dus ook. Angst voor lawines, voor vallende stenen, bang om in slaap te vallen zonder eraan te denken adem te halen. Pas als het weer licht wordt, zijn we gerust.

Terwijl ik dit pure, maagdelijke gebied doorkruis, bedenk ik dat deze kloof wellicht nog nooit is verkend. In onze diep ellendige situatie zijn wij zonder enige twijfel de eerste onderzoekers ervan. Ik houd zoveel van de aarde en zijn gewelddadige natuur. Mag ik het hem kwalijk nemen dat-ie ons hier gevangenhoudt?

Mijn gedachten verdwijnen naar de achtergrond als ik opnieuw hard word geconfronteerd met de afschuwelijke realiteit. Vóór mij zie ik een bloedspoor lopen in de richting van de rotsholte.

Het lijk is verdwenen.

Ik draai me om en krijg de schrik van mijn leven. Daar staat Thierry, recht voor me, met zijn dodenmasker op. Hij bijt me toe: 'Dacht u nu werkelijk dat ik in dit oord zou kunnen slapen? Ik wist dat u terug zou gaan. U heeft besloten het lichaam in de karstpijp te gooien, dus moet en zal dat lichaam ook die pijp in. Van het begin af aan doet u niets anders dan mij bevelen geven! Nou, ik dacht het niet! Hier werkt dat niet zo! Ik heb ook recht van spreken, ik zit even diep in deze klerezooi als u!'

Ik kan er niet meer tegen. Ik duw hem weg met ongecontroleerd veel geweld. Hij valt hard op de grond, uit zijn evenwicht geraakt door het gewicht van zijn masker.

'Achterlijke idioot!' schreeuwt hij. 'Verdomme, wilt u dat mijn kop uit elkaar springt, of zo? De... de lading, op mijn hoofd! Vuile klootzak!'

Ik haast me naar de gevangenis van ijzig doek en bevrijd mezelf van de gasfles, trek mijn schoenen en kleren uit en kruip diep weg in mijn mummieslaapzak. Met mijn ketting is dat ongelofelijk lastig, ik moet hem wel aan de bovenkant erin stoppen, waarna het ijzige staal tegen mijn borst drukt voordat het langs mijn been naar beneden glijdt. Even verstijf ik van de kou, maar zeer snel ontstaat er een warme laag tussen de binnenzijde van mijn slaapzak en mijn lichaam. Dan moet ik alleen zo min mogelijk zien te bewegen.

Ik hoor Thierry binnenkomen en kruip nog verder weg.

Hij heeft de brander aangestoken, vast om te provoceren.

We zijn nog maar een dag of twee hier.

En nu al de explosie nabij.

Ik zie het. Ik knijp mezelf keihard in mijn arm. Grote goden, ik zie het echt, de schelle straal licht laat geen ruimte voor twijfel. Het is net omhooggekomen uit de karstpijp. Een wezen zonder gezicht, geheel overdekt met een kleverige substantie. Ik deins achteruit, het komt op me af, kruipt naar de tent in een vertraagde, haast discontinue beweging. Gebroken botten steken uit zijn vochtige zijden, enorme cysten bevinden zich op zijn misvormde rug waarop ook als blauwe slangen aderen kronkelen en lymfe in witte rivieren stroomt. Ik sluit me op, alsof het dunne rode tentdoek me zou kunnen beschermen, ik duik weg in mijn slaapzak en trek hem over mijn hoofd. Heel voorzichtig opent het schepsel echter de rits van de tent, vervolgens die van mijn donzen slaapzak en laat zich naast mij in de zak glijden. Zijn lichaam is ijskoud. Ik beweeg niet meer en houd mijn adem in. Het moment daarop bedekt het mijn lichaam met kwijl en duwt razendsnel zijn puntige scheenbeen in mijn monnikskapspier.

Ik doe mijn ogen open, sluit ze en open ze opnieuw. Ik ben doorweekt, mijn twee vierkante meter huid zweet zich een ongeluk, met mijn vingers betast ik mijn lange, roze litteken.

Een droom. Maar zo echt! Ik heb moeite eruit te komen. Dat monster had een menselijke gestalte, het was gedrongen, ik denk dat het Max was, mijn beste vriend en voormalige klimpartner. Max is een hele tijd geleden voor mijn ogen omgekomen, maar hij komt me nog regelmatig kwellen in mijn nachtmerries, in de meest afgrijselijke verschijningsvormen. Hij laat me nooit meer gaan.

Ik steek mijn voorhoofd boven de slaapzak uit, onmiddellijk wordt mijn gezicht belaagd door vlagen ijskoude lucht. Er is niets veranderd. Dezelfde vochtigheid, dezelfde koude, dezelfde duisternis. Er is geen enkele hoop op verbeterde levensomstandigheden. Ik sluit mijn ogen en open ze weer, het is nog altijd even donker. Wat een verschrikkelijke gewaarwording, dat gevoel blind te zijn. Ik zou haast denken dat ik dood was. Slechts het aanhoudende getik van de druppels op de tent doorbreekt de monotonie van dit inktzwarte tafereel.

Met mijn vingertoppen tast ik naar de lamp. Die bevindt

zich niet meer op de plek waar ik hem heb achtergelaten gisteren, of daarstraks, één uur geleden of zes uur, ik weet het niet meer. Hoe zou ik het moeten weten? Ik sleep mezelf naar de brander, vind op de tast de aansteker en steek het butagas aan. Een beetje licht, wat een zegen! Zonder de acetyleenlamp die Thierry constant meeneemt naar zijn hol is de brander mijn enige bron van licht. En dus van leven.

Verbijsterd ontdek ik sinaasappelschillen, maar geen sinaasappel. Ik weet niet waarom, maar ik had het al wel verwacht. Thierry verandert meesterlijk van onderwerp, telkens als ik hem vraag om de overgebleven vrucht en de wodka mee te brengen. Hij is niet erg goed in eerlijk delen en het lukt me niet eens het hem kwalijk te nemen. Als dat kleine beetje voedsel hem wat troost kan bieden…

De plek van mijn lotgenoot is leeg, hij is verdwenen, met de steelpan. Ver weg hoor ik rollende stenen, wat erop wijst dat hij alweer aan het graven is geslagen. Ik had zo graag gewild dat ik ook bij die lugubere holte kon komen, hem kon helpen de rotsblokken te verplaatsen, maar mijn keten roept mij onophoudelijk tot de orde, ik zit dubbel gevangen in deze nor.

Behoedzaam verzamel ik ieder grammetje sinaasappelschil dat ik kan vinden in mijn handpalm, en knijp mijn hand dicht.

Bevangen door de kou kruip ik opnieuw in de slaapzak, waarvan de buitenzijde vochtig is geworden. Dat geldt ook voor de vloer van de tent, bedekt met een flinterdun laagje water. Alleen al de warmte van onze dodelijk vermoeide lichamen is voldoende geweest om voor condensatie te zorgen. Ongelofelijk, wij verstoren werkelijk de harmonie, het al eeuwen bestaande evenwicht van de grot. De situatie blijkt ernstiger te zijn dan ik dacht.

Ik heb honger, trek in een ontbijt, melk, warme croissants, en ik heb geen zin om op te staan, maar het moet. Mijn lijf is koud. De zo mysterieus verstrekte rectaalthermometer geeft een centrale temperatuur aan van 36,3° Celsius. Mijn basaalmetabolisme begint al te vertragen, wat wordt bevestigd door mijn hart dat langzamer klopt. Hypothermie en daarmee ook lethargie liggen op de loer. Als ik niet meer beweeg, zak ik weg in een soort winterslaap en leg ik me neer bij de naderende dood.

De mens heeft vuur nodig en kan helemaal niet in winterslaap gaan. Liever als een bajesklant geketend rondlopen dan hier blijven creperen. Ik heb trouwens zitten rekenen. Mijn ketting is ongeveer negen meter lang. Mijn leefruimte, de ruimte waarin ik word geacht te slapen, te eten, te lopen, te urineren en me te ontlasten, beslaat ongeveer tweehonderdvijftig vierkante meter. Minder dan een tennisbaan. En dat voor iemand als ik die leeft voor de vrijheid en het bestormen van de hemel...

Ik laat een stukje schil op mijn tong glijden en sta op. Mijn kleren heb ik op mijn schoenen gelegd, zodat ze niet in contact zouden komen met de grond, maar desondanks zijn ze vochtig geworden. Ik kom op het idee ze in de donsslaapzak te schuiven om ze op te warmen, maar de stof van mijn overhemd voelt ijskoud aan op mijn huid, ik bijt mijn tanden op elkaar en trek hem aan, net als mijn trui en mijn donsjack. Mijn broek heb ik niet helemaal uit kunnen doen vanwege de keten, dus die trek ik gewoon op. Al mijn haren staan recht overeind, ik kan het niet opbrengen me te wassen. Later. Tijd genoeg hier. En dan te bedenken dat ik geen minuut voor mezelf had, in het land der levenden. Ongelofelijk hoe prioriteiten kunnen worden verlegd.

Voordat ik de tent uit ga, werp ik een blik in de richting van mijn Zoé. Ze heeft zich sinds de vorige keer niet verroerd. Ineens til ik snel de beker op, de spin voelt de luchtstroom en duikt in elkaar. Wat een fascinerend schepsel, dat in staat is te leven in een omgeving die zo onverbiddelijk is. Ik speel een beetje met haar, laat haar vluchten en zet haar dan weer klem. Ze klimt in de palm van mijn hand en de zwaartekracht tartend danst ze op de punten van haar lange poten. Ik moet lachen, in het blauwige licht van de vlammen heb ik het gevoel dat ze me groet, dat ze zelfs soms voor me applaudisseert. Helaas ben ik me al snel bewust van de ongerijmdheid van de situatie. Ik denk aan Claudia en haar pijn. Heb ik het recht te lachen terwijl mijn echtgenote vecht voor haar leven? Zwaar te moede zet ik Zoé terug op haar plekje onder de beker...

Ik besluit weer een streepje te zetten met mijn puntige steen.

II. Twee dagen nog maar. Denk ik. Twee dagen van de hoeveel? Wat staat ons nog te wachten? Wie doet ons zoiets aan? Ik denk steeds vaker aan de vrouw van Thierry, aan dat verhaal over de oorbel in de vorm van een slang, die vreemd genoeg onbereikbaar is vanwege het masker. Een slang, een koudbloedig dier... Koud bloed, dat hebben wij hier ook. Toeval? En het feit dat hij zijn trouwring nog heeft? Toeval? Dit alles heeft vast iets te betekenen.

Na al onze gesprekken begin ik de vrouw van Thierry een beetje te leren kennen. Ze is projectmanager bij een adviesbureau. Het hoogste inkomen van de twee, blijkbaar een mooie vrouw die zeer veel van haar man houdt, volgens hem. Hij werkt gewoon als slachter in een abattoir... Had ze er soms belang bij dat hij zou verdwijnen? Hij, oké, dat is aannemelijk, maar ik? Ik ken haar toch niet eens?

Ik kan iedere conclusie trekken die in mijn hoofd opkomt, het brengt me niets verder. Voorlopig zijn we hier en moeten we zien te overleven. Punt.

Ondanks de stijgende luchtvochtigheid laat ik de vlam branden wanneer ik naar buiten ga. Ik wil terug naar de tent kunnen, als het nodig mocht zijn. Dit licht is mijn enige, hoogstpersoonlijke draad van Ariadne. In zekere zin is het mijn kwetsbaarste punt in dit infame heiligdom.

Verderop, aan de rand van de gletsjer, flakkert een beverig lichtje, en ik hoor het lawaai van metaal dat tegen iets hards beukt. De vlam beweegt als een lichtzinnige vrouw, wijkt naar links en dan weer naar rechts, slingert met stormachtige bewegingen heen en weer. Stevig over mijn schouders wrijvend, zet ik voorzichtig een paar passen. Mijn benen zijn stijf, mijn spieren stram, het gebrek aan activiteit blijkt een geduchte vijand, moeilijk te verslaan. Ook rachitis ligt op de loer. Zonder ultraviolette straling ontstaat er een vitamine D-gebrek waardoor het calcium zich niet op de botten kan vastzetten. Dit probleem ontstaat ook als we gedurende lange perioden in atoomschuilkelders of de interplanetaire ruimte zouden moeten doorbrengen. Wij hebben licht nodig om in leven te blijven. Ik besef hoezeer ik de warmte van zonnestralen mis.

Voor de gigantische muur van ijs staat Thierry te stomen als een oude stoomlocomotief. De damp slaat van zijn trui, zijn nek, komt uit de gaten in zijn masker en zelfs van zijn schoenen. Met net zo'n puntige steen als ik heb, staat hij onophoudelijk met een felle verbetenheid op de doorschijnende wand te timmeren. Hij draait zich om, ziet mij staan en gaat hijgend weer aan het werk.

Ik loop naar hem toe en vraag: 'Wat bent u aan het doen?'

Met zijn voet verbrijzelt hij het afgehakte ijs tot kleine kristalletjes die hij vervolgens in de al bijna volle pan doet.

'Ik fabriceer... een diepvriezer. Voor... ons lijk... Goed geslapen?'

'Dat kon beter.'

'In ieder geval... snurkte u goed. Ik ben al wel... zo'n beetje drie... of vier uur... aan het werk.'

Hij stopt even om op adem te komen.

'Het spijt me echt... van de sinaasappel, maar... maar ik moest op krachten komen... De volgende... zullen we... eerlijk delen...'

Hij trekt zijn doorweekte wanten uit en steekt zijn vingers door de gaten van zijn masker. Zijn vingertoppen zijn bebloed.

'Het zweet prikt, verdomme! Dat klotemasker! Dit is onleefbaar!'

Zo krabt hij zich waar hij maar kan door zijn ringvinger zo ver mogelijk in alle gaten te steken. Ik vind het akelig voor hem. Vervolgens vertelt hij: 'Weet u, ik heb gedroomd dat… dat mijn zoon verdronk in een badkuip en dat hij me onder water iets toeriep. En ik, ik kon hem alleen met mijn vingertoppen aanraken, want ik zat aan een touw, een beetje zoals u met uw ketting. Het was… hoe moet ik het zeggen… zeer bizar, want… om ons heen was het volledig donker, en ik hing in het niets. De badkuip was doorzichtig en zweefde in de lucht, onder mij… Ik… wilde mijn zoon uit het water halen, maar het lukte me niet. Alsof… alsof hij aan de bodem vastgeplakt zat. Ik had niet genoeg kracht, mijn arm brandde… Ik wist dat als ik losliet, de… de badkuip zou vallen… Ja, ja, als ik losliet, zou ik hem doden… En onder water schreeuwde hij: "Papa, laat me niet los! Laat me niet los!" Maar ik kon niet meer, dus… ik heb… De badkuip verdween in het niets. En ik… ik zag mijn zoon voor mijn ogen doodgaan. Maar het ergste was nog dat… dat ik mijn touw had kunnen doorsnijden… en zo met hem mee had kunnen gaan… Maar… maar dat heb ik niet gedaan…'

Met stomheid geslagen kijk ik hem aan. Ik sla mijn armen om mijn schouders. Ik heb het plotseling koud, heel koud. Onze omgeving dringt door tot in ons onderbewuste. Het lijkt wel of de stenen muil ons langzaam maar zeker opslokt.

'Waarom vertelt u me dit allemaal?'

Hij slikt luidruchtig, echt volledig buiten adem.

'Die droom, ik… ik dacht echt dat het werkelijk gebeurde, het was… een verschrikkelijke ervaring. Of ik mijn ogen nu open- of… of dichtdeed, ik zag het allemaal gebeuren!'

Angstig kijkt hij om zich heen.

'Ik denk dat ze… dat ze ons willen straffen… ergens voor. De misdaad uit de brief, weet u nog wel?'

Ik denk terug aan mijn droom, aan Max die me in de vorm van een afgrijselijke verschijning was komen kwellen en vraag: 'Is er iets ergs met uw zoon gebeurd, iets waar u diep door bent geraakt, of vergis ik me? Wat is hem overkomen?'

Hij reageert meteen.

'En u, met uw vriend Max?'

Het lijkt of er een ijzeren staaf in mijn buik wordt geramd.

'Wat?'

'U heeft gepraat tijdens uw slaap. Eigenlijk heeft u continu gedroomd, het was buitengewoon indrukwekkend. Een zekere Max...'

'Niets... Er is helemaal niets gebeurd...'

Plotseling buigt hij zich voorover en propt zijn mond vol ijs.

'Ik heb honger, Vick... Verdomme wat heb ík een honger en we zijn nog geen twee dagen hier. En ik ben bang. Mijn vrouw, mijn zoon... Ik wil ze terugzien...'

Ik loop naar hem toe en leg mijn hand op zijn schouder. Zijn adem ruikt naar wodka, zijn lichaam stinkt naar zweet.

'Op dit moment is het hongergevoel het grootst. Het is een kwestie van volhouden, uw lichaam gaat wennen aan het gebrek en zal genoegen nemen met water... Ik heb een kleine spin ontdekt, misschien bevinden zich nog wel andere ondergronds levende insecten in deze kloof. Als het moet eten we ze op.'

Thierry pakt hoofdschuddend de pan van de grond. Daarbij raakt hij enigszins uit evenwicht.

'Ik heb geen insect gezien... Geen enkel levend wezen, op die snertspin van u na... Ik vraag me af waar die vandaan komt...'

Ongerust wijs ik op zijn handen.

'Dat bloed, op uw handen. Dat is niet uw eigen bloed...'

Hij steekt ze met de handpalmen naar boven voor zich uit. Ze trillen.

'Het is niets... Het is niets... Ik moet alleen... alleen aan mijn gezin denken... Mijn gezin en verder niets...'

Hij pakt zijn pan met fijngestampt ijs weer op en loopt weg. Ik ben bang voor wat hij aan het doen is, waarop hij zich voorbereidt, ik moet hem kost wat kost tegenhouden. Dus schreeuw ik hem met gebalde vuisten achterna: 'Ik heb een vrouw!'

Hij blijft stilstaan en draait zich om.

'Wat zegt u daar?'

'Ik heb een vrouw, Claudia heet ze... We zijn al negentien jaar getrouwd.'

Hij gaat aan mijn voeten zitten en wrijft in zijn handen.

'Negentien jaar...'

Hij zwijgt lange tijd en vervolgt dan zonder me aan te kijken.

'Waarom heeft u er niets over gezegd?'

'Waarom had ik dat moeten doen? Zodat u me zou beklagen? Ik wil niet dat iemand mij beklaagt. Nooit...'

'En waar is dan uw trouwring?'

'Die hebben ze weggenomen...'

Hij pakt weer een handvol ijs en slikt het door. Dan staat hij op.

'Dus ook uw vrouw wacht op u?'

'Als ik haar terugzie, ben ik de gelukkigste man van de wereld.'

Plotseling schud ik mijn hoofd, mijn gezicht betrekt in het licht van de lamp die Thierry op mij richt.

'Is er iets?' vraagt hij me.

'Nee, nee... Alleen zal ik er niet zijn op het moment dat...'

'Op het moment dat wat?'

Een huivering trekt door mijn hele lijf. Mijn kaken klapperen haast op elkaar. Na een diepe zucht komt het eruit.

'Mijn vrouw lijdt aan leukemie...'

'Wat?'

'Volgens de artsen had ze nog twee maanden te leven, ze... ze zou de terminale fase ingaan...'

Mijn ademhaling begint nu te versnellen. Ik wil eigenlijk zulke dingen niet aan een onbekende vertellen, en toch gooi ik het eruit.

'We zijn nu al meer dan een jaar op zoek naar een beenmergdonor, we hadden een kans van één op een miljoen er een te vinden, begrijpt u wel? Enne... een paar dagen geleden is er... is er een wonder gebeurd. Er is een geschikte donor in de nationale databank verschenen. Claudia wordt over minder dan tien dagen getransplanteerd, daar hadden we niet op durven hopen... Als ik hier uitkom... krijg ik de vrouw van vroeger terug. Dan gaan we reizen maken, genieten van alles wat... wat we daarvoor niet meer konden... We gaan de verloren tijd inhalen... Al die verloren tijd...'

Thierry wankelt, hij valt, het ijs vliegt rond in de eindmorene. Met een bezorgde blik help ik hem weer op de been en zeg waarschuwend: 'Die sterke drank is niet zo'n goed idee. U kunt beter de flessen meebrengen naar de tent, in plaats van ze zo egoïstisch in uw rotsholte achter te houden.'

Hij trekt zijn arm met een vinnige beweging terug. Ik zie zijn zwarte ogen fonkelen in het lamplicht.

'Het is de drank niet, stomme eikel! Het komt door jou of door je vrouw dat ik hier in de val zit! Ik dacht het al wel, verdomme! Ik wist het!'

Heel even haalt hij zijn wapen uit zijn broekzak om het meteen weer terug te stoppen. Ik loop op hem af, hij wijkt achteruit en geeft een harde schop tegen de emmer. Ik vraag hem ongerust: 'Wat is er aan de hand?'

'Wat er aan de hand is? Wat er aan de hand is? Die beenmergdonor, nou, dat ben ik!'

Ik stort in, mijn alpinistenoptimisme is in één klap verdwenen. En maakt plaats voor de verdrongen gevoelens van het kind met het dunne stemmetje en de hoogtevrees.

Er wordt een revolver op mijn slaap gericht. Thierry zegt met trillende stem: 'Verdomme! Ik... ik moet deze ellende ondergaan omdat ik een leven heb willen redden? Maar waarom dan? Wat heeft u dan toch voor verschrikkelijks gedaan?'

Ik richt mijn asgrauw geworden gezicht op, waar de eerste tranen verschijnen. Wij zitten hier opgesloten en Claudia zal sterven, alleen, in haar ziekenhuisbed. Ik sta op en ren naar het gedeelte met de neergestorte rotsblokken. Ik zou willen dat Thierry me in mijn rug schoot. Dat hij schoot en me in één klap ombracht. Ik wil geen langzame dood sterven. Noch voor mijzelf, noch voor Claudia.

Maar er komt geen kogel. Geen kogel... Geen enkele klotekogel... Ik weet niet of Thierry medelijden heeft gekregen. Of zou hij zich realiseren dat mij vermoorden neerkomt op zelfmoord?

In een hoekje waar nog net voldoende licht is raap ik een zware steen op en begin op de schakels te rammen. En ik ram en ram maar door tot bloedens toe, tot de kloven in mijn huid openbarsten.

'Ik begrijp er niets van, Thierry... Ik zweer dat ik er niets van begrijp...'

In het schijnsel van de reflector komt hij naast me zitten, zijn wapen schommelt tussen zijn wanten.

'Ik ben gewoon het kind van de rekening... Dit masker bewijst dat... dat ik er niets mee te maken heb, ik ben niets anders dan een object, een pion in dit laaghartige spel... Maar u? Wie zou het op u voorzien kunnen hebben? Wie zou uw vrouw willen doden en u zo'n marteling laten ondergaan?'

Ik schud mijn hoofd.

'Ik weet het niet.'

'Denk dan eens na, verdomme! Doe eens een beetje moeite!'

'Maar wat schieten we op met al dat nadenken? Mijn vrouw gaat dood! U... u bent de enige die haar kan redden! En we zitten een meter of honderd onder de grond opgesloten!'

Voor de eerste keer sinds we hier zijn omhelst Thierry me kort.

'Ik heb het litteken op uw rug gezien', zegt hij zachtjes. 'U sprak erover tijdens uw slaap. Ik kan een wond die is toegebracht met een mes uit duizenden herkennen. Ik voelde uw terughoudendheid toen ik zocht of u ergens een zender had.

U blijft erg geheimzinnig doen... Vertelt u mij nu eens, ik heb op zijn minst het recht het te weten, nietwaar? Ik verdien het, verdomme! Ik loop met een staaf nitroglycerine op mijn hoofd!'

Ik kruip nog verder in elkaar. En trek mijn knieën dicht tegen mijn lijf.

'Vertelt u eerst eens over uw zoon... Daarna zal ik mijn verhaal doen...'

Hij aarzelt lang en wanneer hij uiteindelijk zegt wat hij op zijn hart heeft, klinkt zijn stem schor van verdriet: 'Mijn oudste zoon is drie jaar geleden aan leukemie overleden...'

Wat een ellende. Hij pakt mijn hand en knijpt er heel hard in.

'Het beenmerg van mijn zoon was niet compatibel met het mijne, hij is voor mijn ogen gestorven, terwijl ik zijn gezicht streelde. En ik heb niets voor hem kunnen doen!'

Ik staar naar zijn masker. Ook hij heeft geleden, de arme vent. Tegelijkertijd moet ik steeds maar denken aan dat slangetje met een oog van diamant dat aan zijn oor geklemd zit. Ik profiteer van dit korte moment van kwetsbaarheid om de aandacht op zijn echtgenote te richten. Ik wil het weten.

'Wat een vreselijke beproeving. En uw vrouw, hoe heeft die dit overlijden verwerkt?'

'Ze heeft het nog niet verwerkt...'

'Hoezo dan niet?'

Een ongemakkelijke stilte zet hem tot spreken aan.

'Ze is ervan overtuigd dat de artsen in het ziekenhuis niet alles hebben gedaan om hem te redden, om het juiste beenmerg voor hem te vinden. Het was vreselijk om mee te maken, en u begrijpt als geen ander waarover ik het heb. Te weten dat een operatie de redding zou betekenen voor ons kind, zo klein, zo jong, en dat we niets anders konden doen dan aan zijn bed zitten wachten tot de dood hem kwam halen!'

Overspoeld door heftige emoties breekt zijn stem en worden zijn ogen vochtig. Dan gaat hij verder: 'Na zijn dood heeft

Emilie gezegd... heeft ze nooit gewild dat... dat ik mijn beenmerg zou doneren. Ze... ze wilde niet dat ik... dat ik het andere mensen mogelijk maakte te... te leven terwijl onze zoon doodgegaan was omdat die anderen nu juist niet hadden gereageerd... Dus, ik... ik heb me opgegeven zonder dat zij het wist, een paar dagen geleden... Daarom ben ik ineens opgedoken in de nationale databank... En daarom heeft uw vrouw plotseling een donor gevonden... O, mijn god...'

Ik schud mijn hoofd, ineens wordt alles duidelijk.

'Uw echtgenote heeft misschien wel ontdekt dat u ingeschreven staat... dat verklaart wellicht waarom we hier zitten... U zou mijn vrouw gaan redden en zij wil u daarvan weerhouden...'

Hij slaat hard met zijn vuist in de sneeuw.

'Nee, nee...'

Zijn stem klinkt niet meer zo overtuigd. Hij denkt even na en zegt dan: 'Waarom zou u dan samen met mij hier zijn? Waarom hebben we dan geen eten? En die geheimzinnige brief? Of het lijk? Kunt u zich voorstellen dat mijn vrouw iemand zou vermoorden?'

'Ik ken haar niet.'

'En ze weet ook helemaal niets van bergbeklimmen of survival! Hoe had ze u trouwens naar beneden kunnen takelen, met uw vijfentachtig kilo? Nee! Het slaat helemaal nergens op!'

Ik laat me niet uit over een mogelijke helper, een valstrik of een doortrapt plan, ik geef er de voorkeur aan deze voor mij steeds aannemelijker wordende mogelijkheden een beetje glad te strijken.

'Ik weet het, ik weet het... Maar geef toe dat het vragen oproept.'

'Misschien! Maar stelt u die vragen dan maar in uw hoofd! Ik hoef dat allemaal niet te horen! Het beschuldigen van mijn vrouw brengt u in ieder geval niet veel verder!'

Hij wijst op mijn rug.

'Nu is het uw beurt! Dat litteken van u! Laten we nu uw

geheim eens uitpluizen! En misschien komen we dan tot andere verklaringen!'

Ik huiver. Maar ik ben hem wel een antwoord schuldig.

'Een klap met een rotshaak, van mijn beste vriend... Max...'

'De fameuze Max uit uw dromen?'

'Max, ja... We... we waren de K2 aan het beklimmen, in 1986, terwijl duizenden kilometers verderop Tsjernobyl explodeerde. Ik was voorklimmer en treden in het ijs aan het uithakken, toen er grote brokken rots naar beneden kwamen. Ze raakten Max, die uit zijn evenwicht raakte en achter mij naar beneden stortte... Hij kwam... onder aan het touw te hangen... in de lucht. Ervoor was hij keihard tegen de wand geslagen... waarbij hij zijn been verbrijzelde.'

Ik haal diep adem. Dit alles is nog steeds zo pijnlijk.

'Ik stond op een overhangende rots en... hield hem uit alle macht vast aan het touw, met mijn ijzers klemgezet tegen de rots, mijn zonnebril bedekt met rijp en mijn baard vol ijspegels... Daar zaten we dan, in wankel evenwicht en geen van beiden konden we iets beginnen... Hij kon de wand niet meer bereiken omdat de rots zo ver overstak en ik kon niet bewegen, want dan zou ik hem laten vallen. Zo moeten we uren hebben gezeten, in de kou en de sneeuw op een hoogte waar je maar half zoveel kracht hebt... Er was totaal geen hoop meer hem te kunnen redden. Zelfs al zou ik erin zijn geslaagd hem op te hijsen, dan nog zou hij er geweest zijn, met dat gebroken been. Op een dergelijke hoogte is er geen hulp te verwachten. En toen... toen werd de storm pas echt hevig... Scherpe ijskristallen wisten hun weg te vinden naar onze longen en belemmerden de ademhaling. Zo zouden we allebei sterven... dus toen heb ik... heb ik... ik heb...'

'Het touw doorgesneden...'

'Ja... Hij viel voor mijn ogen een meter of dertig naar beneden, en... en verdween rechtstreeks in een bodemloze spleet, op meer dan vijfduizend meter hoogte...'

Thierry schudt zijn zware stalen hoofd.

'Wilt u zeggen dat hij dood is?'

Ik beaam het haast onhoorbaar.

'Nadat ik ben afgedaald, ben ik dagenlang in het basiskamp gebleven, ik... ik bleef wachten, want... want ik zei tegen mezelf dat hij onmogelijk dood kon zijn. Misschien was hij wel naast de spleet gevallen, of had een andere overhangende rots zijn fatale val kunnen breken. Weet u, het hoort bij de aard van alpinisten om tot het laatst toe hoop te blijven houden. Er zijn er die een dergelijke val hebben overleefd, hun belevenissen staan vermeld in de annalen van de klimsport.'

'Maar Max is nooit teruggekomen.'

'Nee, nooit...'

Hij schudt log zijn ijzeren masker.

'Het touw van uw partner doorsnijden... Ik kan me goed voorstellen hoe pijnlijk dat voor u moet zijn. Het in de steek laten van degene die vertrouwen in u stelt, van uw tweelingziel, in zekere zin.'

'Ik heb hem niet in de steek gelaten, nooit.'

Mijn hand gaat naar het litteken op mijn monnikskapspier. Ik vertel verder: 'Korte tijd voor hij verongelukte hebben wij hooglopende ruzie gehad over... over een vrouw. Over Claudia.'

'Uw vrouw?'

Ik schraap mijn keel.

'In die tijd was Claudia de vrouw van Max.'

'Allemachtig!'

'Die avond had hij veel gedronken. Tijdens die aanvaring heeft hij een haak in mijn schouder geboord, hij was een uiterst impulsief type.'

'En toch bent u samen de K2 gaan beklimmen?'

'Het was de expeditie van ons leven... En we waren al van jongs af aan bevriend.'

Thierry grijpt naar zijn hoofd.

'Verdomme! U moet toegeven dat het een wel zeer toevallige samenloop van omstandigheden is! Als hij het had overleefd, zou het exact overeenkomen met wat ons nu hier overkomt! De wraak op zijn ex-vrouw! En op u, want u heeft hem in zekere zin de dood in gejaagd!'

'Als Max het had overleefd, zou hij wel teruggekomen zijn naar zijn vrouw, niet? Dan had hij in ieder geval een teken van leven gegeven! Het beschuldigen van Max – aannemend dat hij in leven is, wat volkomen onmogelijk is – is even ongerijmd als het beschuldigen van uw vrouw.'

Net als hij neem ik een hap ijs. Met wanhoop in zijn stem vervolgt hij: 'Ik weet niet waar wij ons bevinden, Vick, maar... die vreemde dromen... Die dierbaren die we verliezen... Dat punt van overeenkomst, de leukemie... Die muur van ijs die zich voor ons verheft als... als een spiegel... Ik vraag me af of we niet echt worden gestraft voor onze fouten... Herinnert u zich de brief nog? Daarin wordt over een spiegel gesproken. *Zoek achter de spiegel van uw misdaden en bied het hoofd aan uw demonen.* Net als ik bent u bang voor spiegels, omdat u daarin niet uw eigen gezicht ziet, maar dat van Max.'

'En u, u kijkt in de ogen van uw zoon...'

Ik kijk strak naar de gletsjer, en weet dan uit te brengen: 'In feite is onze situatie gelijk, beiden hebben we de dood in de ogen gezien. Indirect zijn mensen overleden door onze menselijke onmacht. En daarom zitten wij hier misschien wel samen opgesloten...'

2

HET KANTELMOMENT

Dag III.

Een fractie van een seconde heb ik erin geloofd. Lang genoeg om de proef op de som te nemen. Ik heb geprobeerd de kluis te openen met de combinatie 12 05 1986, de datum waarop Max is gestorven, en daarna met 28 07 2004, die van de dood aan leukemie van de zoon van Thierry. Maar uiteraard ging het deksel niet open. De duisternis en het gebrek aan eten maken me draaierig. Hoe lang kunnen we het zo nog volhouden?

Nadat we de brander buiten onze leefruimte hebben geplaatst om extra condens te voorkomen, hebben we ons vandaag met lauw water gewassen, van ongeveer 38° Celsius, lichaamstemperatuur. Wat een afschuwelijke ervaring. Je uitkleden bij 0° Celsius, in een omgeving die zo vochtig en prikkelend is als een winterse mist. Van koud naar warm en weer terug. Alsof je over je hele lichaam je vel met een scheermes openhaalt. Thierry is robuust gebouwd, met stevige borstspieren, ontwikkelde bicepsen en brede schouders. Ook zijn lichaam draagt talloze littekens, arbeidsongevallen. Hij legde me uit dat hij dag in, dag uit dieren optilde, droeg en slachtte, en dat hij dagelijks verkeerde in een wereld van haken en elektrische zagen. Terwijl hij me toevertrouwde dat hij dit curieuze beroep waar de dood heerst toch echt erg interessant vond, goot hij het laatste beetje water in zijn masker, in het gat voor het linkeroog. Dat was de enige manier om zijn gezicht wat verlichting te bieden en zweet en vuil te verwijderen. Daarna kleedde hij zich aan. Onderwijl onrustbarend niezend.

In een milieu dat oververzadigd is met vocht droogt niets. Noch de badhanddoek, noch onze kleding, noch de vloerbedekking van polystyreen. Amper gewassen kunnen we niet anders dan weer in het zweet van de afgelopen dagen duiken. Opnieuw trekken we de stinkende kleren aan. Die binnenkort nog harder zullen stinken. Modder, meegebracht onder onze schoenen, verspreidt zich bij de ingang van de tent en reikt in lange, drabbige sporen al tot onder onze slaapzakken, pal onder ons. We leven, slapen en ontwaken in de walgelijke drek van onze eigen teloorgang.

Ik heb de indruk dat mijn waakfasen gevaarlijk kort zijn geworden. Ik geloof dat ik maar drie of vier keer verschillende vogelgeluiden heb horen langskomen voor ik weer weg ben gezonken. En daarna ben ik – ik weet niet wanneer – wakker geworden met een vreselijke rugpijn. In de perioden dat ik wakker ben, praat ik met Thierry over van alles en nog wat, over Claudia, over mijn schooljaren, de uren die ik spijbelde om te klimmen, over zijn gezin, vooral over zijn vrouw die, zoals hij over haar spreekt, niets met onze ellendige situatie te maken kan hebben. Onder zijn stoere uiterlijk is Thierry een gevoelig persoon, met een onverzadigbare nieuwsgierigheid. Hij wil alles weten van de bergen, over de manier waarop een expeditie moet worden voorbereid, hij wil weten door welk mysterie iemand ertoe komt tot het uiterste te gaan om de hoogste toppen te bedwingen. Hij noemt me nu 'de idioot' en we tutoyeren elkaar. Hoe lang onze conversaties duren, ik weet het niet. Wat ik wel weet, is dat ik net bijna in slaap viel toen een bergstorting – werkelijk heel dichtbij – me verlamde van schrik. Uit reflex zijn Thierry en ik, instinctief, naar elkaar toe gekropen. We waarderen elkaar inmiddels, al haten we elkaar net zo goed en schelden we elkaar de huid vol. Zelfs in de moeilijkste momenten geeft geen van ons tweeën toe de ander nodig te hebben.

Erna is Thierry is naar buiten gegaan, en ik begon net opnieuw in te dutten toen hij weer terugkwam met de sinaasappel en de aangebroken literfles wodka. Ik waardeer het gebaar, ik weet van zijn pijn, van de honger die hem vanbinnen verteert. Een fraai bewijs van altruïsme.

Normaal ben ik altijd verstandig, maar nu heb ik niets voor later bewaard, heb me in een heus feestmaal gestort en mijn helft van de vrucht tot op de laatste pit naar binnen gewerkt, om mijn vingers bij af te likken. Daarna heb ik me bedwelmd met vier grote slokken drank. De minuten erna voelde ik me draaierig worden. De hel verloor zijn scherpe kanten.

Ik raakte geobsedeerd door het beeld van een stuk kaas, camembert was het. Ik drukte mijn nagels diep in mijn huid.

En toen niets meer.

Alles begint weer van voren af aan.

Dezelfde kou. Dezelfde levenloosheid. Dezelfde lijdensweg.

En mijn maag verkrampt van de honger...

Dag vijf. Of zes. Ik weet het niet meer. Ik tel de streepjes op het kleed van schuimplastic, en het zijn er zes. ~~IIII~~ I. En mijn beginnende baard moet wel van zes dagen zijn. Ja, op zijn minst...

Zoé is dood. Van de honger, wellicht. Of dat heel kleine stukje sinaasappelschil heeft haar vergiftigd. Ik heb haar voorzichtig vastgepakt en achter in de tent gezet. Ik geloof dat ik heb gehuild waar Thierry bij was. Ik weet het niet meer precies, ik haal alles door elkaar. Ik kauw langdurig op de schil, het laatste stukje organisch materiaal. Geen schillen meer, geen sinaasappel. Gisteren hebben we alles verslonden. Of eergisteren. Hiervoor...

Vandaag heb ik niet de kracht om me los te rukken van mijn slaapzak, om de aangename apathie die me omhult te verdrijven. Ik ben me er niet langer van bewust dat ik stink, ik weet zelfs niet of ik moet plassen of niet. De indruk al dood te zijn, ingepakt voor de reis naar het hiernamaals, laat me niet meer los. Waarom zou ik kou gaan lijden, waarom zou ik me uit mijn bedstee hijsen? Ik weet niet hoe lang we slapen, steeds langer en langer, geloof ik. Misschien vijftien, twintig uur achtereen. Mijn bloed stroomt zwaar, lawaaiig, het lijkt wel of het plantaardig wordt. Ja, ik word een plant. De rectaalthermometer, die ik nauwelijks nog kan aflezen, geeft een centrale temperatuur aan van 35,9° Celsius. Net als in de bergen daalt de temperatuur elke dag iets verder, een verborgen dimensie van de gewenning. Ik herinner me een 34,4° Celsius, aan het eind van de beklimming van de Fitz Roy in Patagonië. Een grenswaarde waaronder het organisme leegloopt als de batterij van een cassetterecorder.

Thierry heeft nog steeds een goede 36 en nog wat, het exacte getal weet ik niet meer. Een kleiner lijf, minder moeilijk te verwarmen. Uiteindelijk is hij een sterke kerel.

Ik heb geprobeerd mijn hartritme te meten, met het beetje tijdsbesef dat ik nog heb. Mijn hart klopt nog maar zo'n veertig keer per minuut. En ik begin mijn geheugen te verliezen. Zo is het mij onmogelijk geworden te vertellen wat ik een uur eerder heb gedaan. Vast omdat de uren hier allemaal op elkaar lijken. Of omdat ik niets meer doe.

Ik droom meer en meer. Uitsluitend over akelige dingen. Max, zijn val, monsters die uit het binnenste van de aarde tevoorschijn komen. Geen kleuren meer, geen zon. Ik herinner me zelfs niet meer hoe het ruisen van de wind klinkt. De rotswereld beheerst tegenwoordig mijn rustperioden, zelfs als ik slaap vind ik geen rust. Het feit dat ik telkens weer ontwaak, wordt haast een opluchting. Voor mijn kameraad geldt hetzelfde. Maar wat een relatieve troost is dat. Het is alsof we uit een vijver vol gier klimmen om in een zuurbad te worden gekiept.

Heftige biologische stress zorgt er nu voor dat ik de hele periode dat ik wakker ben alleen nog aan voedsel kan denken. Geobsedeerd denk ik aan de babyvoeding en de smerige staven gedroogd vlees, aan de pemmikan en het gevriesdroogde eten dat we in het hooggebergte met tegenzin naar binnen werkten, na meer dan een uur bezig te zijn geweest om het water aan de kook te brengen. Op dit moment zou ik er een moord voor doen. Ik zou er wel tonnen van op kunnen. Mijn tong is vreselijk pijnlijk. Door het voedselgebrek zit hij vol kloven.

Gisteren – of liever 'hiervoor' – lag Thierry te kronkelen van de pijn. Hij begon te bibberen, kromp ineen en ijlde zelfs bijna. Het leek wel een aanval van malaria of hersenvliesontsteking. Het heeft dik tien minuten geduurd. Hij heeft me niets gezegd over de oorzaak van zijn aanval, maar zijn temperatuur was wel tot tegen de 40° Celsius gestegen. Wat staat ons nog te wachten? Ik ben bang dat hem iets zal overkomen.

Toen hij zich weer beter voelde, heeft hij de platenspeler op batterijen aangezet en de plaat met vogelgeluiden onafgebroken gedraaid. Deze keer bracht de muziek een akelig gevoel teweeg, ik had de vreselijke gewaarwording een aaneenschakeling van snerpende, zeer onaangename geluiden te horen. Ik voelde me niet in staat er mooie beelden bij te verzinnen, zoals gewoonlijk. Alles onder mijn schedel versombert. En dan is er nog iets geks, de blauwe gasfles is groen geworden. Ik bedoel, ik weet wel dat hij blauw is, maar mijn ogen zien hem als groen. Een agressieve kleur groen, ik haat die kleur. Het rood van ons onderkomen is zo geruststellend. Nog zo'n onverklaarbare indruk. Het lijkt erop dat ook mijn zintuigen achteruitgaan. Mijn oren suizen continu, ik denk dat het me eindelijk lukt de stilte te horen.

Vanuit mijn slaapplaats steek ik alleen nog maar mijn arm uit naar het hangslot van de kluis. Het ergste is nog wel dat ik om de cijfers te verdraaien een want uit moet doen. Ik kan amper vijftig combinaties testen voor ik mijn hand weer tussen mijn dijen moet steken om hem op te warmen. Ik heb het met de brander geprobeerd, maar zodra ik die aanstak ontstonden er condensatiedruppels boven ons hoofd die vervolgens als een fijne regen op onze slaapzakken terechtkwam. Wij zijn met de tweede gasfles begonnen. Er zijn er nog drie over. Geloof ik...

Het is nu al zover dat we ons helemaal niet meer wassen, we zijn veel te zwak en weinig gemotiveerd. Met mijn laatste krachten sleep ik me nog naar de ijswand, waar ik tollend op mijn benen met ontstellend veel moeite het ijs uithak voor de vier liter water die we onszelf moeten dwingen te drinken om het vochtverlies te compenseren, ervoor te zorgen dat de nieren blijven functioneren en in leven te blijven. Ook heb ik erge pijn onder in mijn wervelkolom. Binnenkort zal ik niet eens meer kunnen staan. Mijn moreel is naar een dieptepunt gezakt.

Thierry zal het niet lang meer volhouden. Hij sleept zichzelf regelmatig naar zijn rotsengte, blijft daar urenlang... of minutenlang. Hij vertrouwt me toe dat hij daar bidt, het lichaam van de dode man bekijkt, en zijn gezicht, hij wil per se dat deze onbekende man menselijk blijft, in zijn ogen... We hebben er langdurig over gepraat, ik heb hem gesmeekt niets te doen, deze man kan wel onschuldig zijn, net als wij. Als wij die stap zetten, zijn we beesten geworden.

Ik ben bang. Ik weet pertinent zeker dat onze biologische identiteit opzij wordt gezet door de overlevingsdrang, die maakt dat een mens in een dier verandert. Zelfs de meest taaie mensen bezwijken ervoor. Met inbegrip van mijzelf. Ik weet dat Thierry binnenkort op zal staan met de scherpe steen in zijn ene hand en de pan in zijn andere. Ja, ik weet het zeker...

Ik heb geprobeerd uit te rekenen hoeveel twaalf maal twaalf is. Ik heb me drie keer vergist en uiteindelijk mijn vingers erbij moeten halen, vingers vol diepe, vaalroze barsten.

Honderdvierenveertig. Honderdvierenveertig. Honderdvierenveertig.

En terwijl ik deze woorden steeds herhaal, slokt Thierry, op handen en voeten, als een hond met zijn neus op de vloer, Zoé tot aan de laatste poot naar binnen.

Dag IIII III.

'Een klein stukje maar,' mompelt hij telkens als hij ontwaakt uit zijn slaap. 'Een piepklein stukje... Om... om weer op krachten te komen... Het... het kan toch niet slecht zijn dat te doen... Gewoon ergens beginnen te snijden, in... in de onderbuik... Vlees... Een minuscuul stukje vlees... Nie... niemand kan ons dat... dat toch kwalijk nemen? Ze... ze kunnen zich niet in onze situatie verplaatsen... Die dode vent... Ze hebben niets voor ons achtergelaten, niets te makken... dat betekent dat... dat ze wilden dat we hem op zouden eten... En verder zeggen we... zeggen we niemand iets als...' Hij huilt opnieuw. '...als we hier uit zijn. We... we gooien het lichaam in de kloof... Ik... ik wil niet meer weten wie hij is... Het is een duivel... Ja, een duivel...'

Met mijn ogen dicht wacht ik tot hij weer in slaap valt, maar hij kruipt in slowmotion uit zijn slaapzak. Moeizaam grijp ik hem bij de pols, met een slappe hand, en kijk hem aan zonder een woord te zeggen. Hij doet geen poging zich los te maken uit mijn greep, hij blijft onbeweeglijk zijn adelaarsogen diep in de mijne priemen. Ik hoef hem alleen maar terug te duwen naar zijn slaapzak en het fatale moment is voor even uitgesteld. We slapen weer in, blijven ons naar buiten slepen om te gaan plassen en krimpen steeds opnieuw ineen van de pijn in onze voortdurend gekwelde magen.

Dan gebeurt er iets binnen in mij, het kind met hoogtevrees wijkt terug, het vecht maar moet toch opgeven, terwijl het beest groeit. Het beest spreidt zijn grote, primitieve tentakels uit, het pijnigt me, vreet me vanbinnen op. Met al zijn intrinsieke kracht beveelt hij mijn vingers hun greep te verslappen. En met minieme, nauwelijks waarneembare druk Thierry naar de uitgang te duwen.

Ik heb hem weggeduwd en vervolgens geprobeerd hem weer vast te grijpen. Ik geloof dat ik dat voor mijn eigen gemoedsrust deed. Maar te laat. De mensenetende machine is op gang gekomen.

Thierry verdwijnt met gekromde rug, en in zijn hand de scherpe steen en de brander. Exact op dat moment tekent zich in mijn hoofd het beeld af van een bloeddorstige slager à la 'Leatherface' uit *The Texas Chainsaw Massacre*, die met zijn dodelijke gereedschap borstkassen staat door te zagen. Voor me zie ik het metalen gezicht uit beeld verdwijnen omdat Thierry de tent met een steeds moeilijker te verdragen geluid dichtritst.

Dan weet ik ineens dat het kind met hoogtevrees nooit meer terugkomt.

Het kind is dood.

Ondanks vreselijke rugpijn sleep ik me naar de ingang en doe de rits weer omhoog. In de verte zie ik het deprimerende licht op de wanden afzwakken. Het licht flakkert en dooft uit op de rots, het lijkt wel een bloederige bek, een monster dat verteerd vlees uitbraakt. Ik knarsetand. Ik kan niet meer, het wachten wordt ondraaglijk, keer op keer neem ik een slok wodka, ik drink tot ik erbij neerval. Ik zie Thierry voor me, hoe hij met zijn beulsmasker op aarzelt welk stuk het beste is, het minst menselijk, dan met veel moeite de scherpe steen telkens opnieuw in het karkas steekt dat overdekt is met sneeuw, bevroren als een vis in een scheepsruim. Ik wil hem terugroepen, ik wil hem smeken op te houden, maar uit mijn mond komt slechts het braaksel van mijn teloorgang. Ik ben een mens van uitersten, ik leef alleen om de dood op afstand te houden. Mijn diepste aard komt nu aan de oppervlakte. Mijn hachje redden. En leven…

Ik klamp me opnieuw aan Claudia vast, ook al beginnen haar engelachtige trekken steeds verder uit mijn geheugen te vervagen. Ik heb nog de hoop haar te redden. Ik herinner me dat we het erover hebben gehad, zij en ik. Hoe… hoe er een einde zou komen aan onze geschiedenis, zonder beenmergdonor. Ik zou tot het bittere einde bij haar zijn. Ik wilde dat ze zou gaan met het zout van mijn tranen op die van haar.

Ik huil, zoals ik zo vaak huil, als ik alleen ben, thuis. Binnenkort, later, 'hierna', zal mijn vrouw zonder transplantatie de terminale fase ingaan. Niets is zo erg als alleen doodgaan. Op dat moment voel je je te veel op aarde. Volkomen overbodig.

Maar misschien komen we nog op tijd... Als ze ons maar komen zoeken... Alpinisten, speleologen, reddingsploegen, die op de hoogte zijn van onze verdwijning.

Ze zal leven. Ik zal zorgen dat Thierry uit onze helse val ontsnapt en hij zijn beenmerg kan doneren.

Of eigenlijk zal hij zorgen dat ik hieruit kan komen. Door me te eten te geven...

Daar is hij al, met zijn handen onder het bloed. Heel snel lik ik mijn lippen af. Een reflex die ik niet heb kunnen onderdrukken. Mijn zintuigen worden geprikkeld, de alcohol dringt ver door in mijn lege spijsverteringskanaal en verdrijft de negatieve gedachten. De geur van vlees, hoe zwak ook, werpt de cartesiaanse constructie van mijn organisme volledig omver. Ik begin ervan te kwijlen als jachthonden bij het geluid van de bel. Ik heb zelfs de kracht niet meer om mezelf te haten.

Ik ga weer terug naar de enige tent van de hele wereld waarboven geen ster straalt, naar die donkere, geruststellende ruimte waar het ondenkbare dreigt te gebeuren.

Thierry zet met een plechtig gebaar een dampend bord eten voor me neer. Zijn vingers trillen, bijna had hij alles omgegooid. Zijn ijzeren bakkes stinkt naar alcohol, hij moet in zijn grot stevig hebben ingenomen. Gebogen als een grijsaard werp ik vanaf de grond waar ik lig voorzichtig een trieste, glazige blik op de inhoud van het bord. Vlees, alleen maar fijn gesneden vlees. Hij heeft het goed gedaan, mijn makker. Rundvlees, het lijkt wel een stuk gegrild rundvlees. Het is een lap goed doorbakken rundvlees. Heerlijk vind ik dat.

Ik wacht tot hij begint te... eten... Wat is er aan de hand? Waarom raakt hij zijn eten niet aan? Waarom kijkt hij me zo aan, met dat stalen gezicht van hem? Hup! Bikken, jij! Begin nou, dan volg ik wel! Maar nee, niets van dat alles, in kleermakerszit wacht hij af, met zijn bord voor zijn neus.

Drank moet ik hebben, nog een slok en nog een. Alles begint te draaien. Ik heb honger.

Heel voorzichtig pak ik een plakje van het 'spul', laat het weer vallen en duw het met mijn duim over mijn bord. Mijn ogen zijn gericht op Thierry, die nog steeds geen vin verroert... Wat voor spel speelt hij met me?

Hoe traag mijn hersens ook werken, nu heb ik het toch begrepen. Thierry heeft het mes erin gezet, het vlees gesneden en gebraden. Hij heeft het moeilijkste al gedaan en dus... moet ik nu mijn bijdrage leveren. De eerste hap van dit koningsmaal nemen...

Ik probeer Claudia te visualiseren, ik zie haar vormen vaag voor me, want alles vervaagt hier, de kloof verteert ons stukje bij beetje. Het is gelukt, eindelijk lacht ze me toe, mijn Claudia van vroeger, terwijl het vlees achter elkaar in mijn mond verdwijnt. Ik kauw niet. Ik slik het alleen door. In één keer. Welk gedeelte zou het zijn? Een been? Een arm? Een schouder? Daar komt Claudia, weer Claudia die terugkomt in een mooie avondjurk, oef. Lach naar me, Claudia, alsjeblieft! Lach me toe, lach naar me zolang ik die afschuwelijke stukken vlees door mijn strot duw!

Voilà... Het is volbracht. In minder dan drie minuten. De borden van Thierry en mij zijn leeg. Geen gram vlees over.

De stap is gezet.

We zijn beesten.

Aan de schijterij. Ik heb te veel gegeten, te veel gedronken en een tsunami verwoest mijn gehele darmenstelsel. Onder het rode doek heeft Thierry, die deze ellende boven verwachting bespaard is gebleven, ontzettend moeten lachen. Hij huilde van het lachen, telkens als ik wegrende met mijn emmer met fijngestampt ijs bij wijze van wc-papier, met toegeknepen billen en mijn handen op mijn borrelende darmen. Ik geloof dat gekte ervoor kan zorgen dat je zelfs in de meest wanhopige situaties gaat lachen.

Dat neemt niet weg dat het een dag of twee een aanhoudend geren en gevlieg was. Maar ondanks de ellende van deze periode van grondige zuivering en kannibalistische orgie, heeft mijn organisme zich langzaam maar zeker hersteld.

De bergstortingen blijven zich steeds frustrerender voordoen. Ook die maken ons nog eens stapelgek. Op twee meter van de tent is een enorme ijspegel neergestort, midden in de nacht, als ik dat zo mag zeggen. Het leek wel een glazen toren die explodeerde en wegspattende stukken hebben zelfs de bovenkant van de tent opengereten, zodat er nu grote gaten in zitten. In de haast hebben we bedacht het kampement naar de karstpijp te verplaatsen, maar de tentharingen zijn te diep in de rots geslagen. Zonder het juiste gereedschap zouden we de tent nooit opnieuw kunnen opzetten. We zijn er dus toe veroordeeld onder deze macabere dreiging te blijven. We bereiden onze maaltijden nu verderop, buiten onze leefruimte, om die dolken met de door ons geproduceerde waterdamp niet verder te stimuleren.

Gisteren zijn de batterijen van de platenspeler ermee opgehouden. Het is afgelopen met de vogelgeluiden en een stevige knauw voor ons moreel dat we nu opnieuw continu het hamerende geluid van de waterdruppels moeten aanhoren. Hun monotone muziek komt me mijn neus uit. Er is ook al geen drank meer, we hebben alles achterovergeslagen, we moeten het eten dus zo wegwerken, zonder een de stemming verhogende dronkenschap. Wij vrezen het moment dat de honger ons overvalt, langzaam onze ingewanden binnendringt en voedsel eist.

Thierry en ik hebben het nooit over het lijk, over het uit nood afgesneden vlees, over dat stuk afgescheurde mens. Ik overtuig mezelf er slechts van dat het vlees dat hij in de rotsholte afsnijdt en bakt lekker is, dat het me nieuwe energie en een heldere geest geeft, en dat het een voortzetting van onze strijd mogelijk maakt. Wij drinken, wij eten en wij slapen, de complete drie-eenheid die nodig is om in leven te blijven. Wij zullen weer op krachten komen en dan in vliegende vaart naar het ziekenhuis gaan om Claudia te redden. Thierry heeft het me een aantal maal verzekerd, hij wil zijn beenmerg doneren ongeacht zijn gezondheidstoestand. Ik zeg tegen mezelf dat hij in wezen een fantastische kerel is.

Blijft alleen nog de vraag hoe we weg kunnen komen uit dit hol. De oplossing zit verscholen in de kist of hangt aan het oor van Thierry, daar ben ik zeker van.

'We moeten het hangslot kapotschieten,' stel ik voor. 'Het valt op zijn minst te proberen... Misschien dat...'

'Nee, daar schieten we niets mee op, dat slot begeeft het nooit. Ik wil de kogel bewaren... Voor het geval een van ons tweeën gewond zou raken en het nodig is... Afijn, je begrijpt wel wat ik bedoel.'

Ik knik bevestigend en zeg geen woord meer.

Ik tel de streepjes, onder me op de vloer.

IIII IIII II

3

GEEN TERUGKEER MOGELIJK

~~IIII~~ ~~IIII~~ ~~IIII~~ I.

Ik prijs mezelf gelukkig dat ik de tegenwoordigheid van geest heb gehad het tijdsverloop te noteren, zelfs in perioden van opperste neerslachtigheid. Hoe hadden we zonder deze verticale streepjes een bruikbare schatting kunnen maken van de duur van onze opsluiting? Aangezien het menselijk tijdsbesef hier niet bestaat, moeten we onze eigen tijd creëren op basis van onze kinesthetische, lichamelijke en fysiologische indrukken. De enige manier om ons aan de realiteit vast te klampen en niet ten onder te gaan in die primitieve, bestiale gekte van de onwetendheid.

De situatie verslechtert, het lijkt erop alsof de werkelijkheid inderdaad uit het oog wordt verloren, en 'hiervoor' heeft Thierry een zo zware angstaanval gehad dat hij de loop van het wapen zelfs in zijn rechteroog stak. Ik weet dat hij op een gegeven moment echt zal schieten. Nog geen seconde na deze volledig onverantwoorde actie neuriede hij een nummer van Piaf met een denkbeeldige microfoon in zijn rechterhand. Hij is gek aan het worden, hij verdraagt zijn masker niet langer en bonkt steeds harder met zijn hoofd tegen de vloer. Ik ben bang dat de lading nog een keer ontploft als hij zo doorgaat.

Het water van de stalactieten dringt nu in druppeltjes binnen door het gat in het tentdoek en sijpelt op mijn donzen slaapzak. We hebben niets om de scheur dicht te maken, daarvoor hebben we op zijn minst ijzerdraad, nietjes of pleister nodig. Onze enige bescherming hiertegen bestaat uit het plaatsen van de pan onder de druppels, een miserabele strategie om te voorkomen dat de vloer in een ijsbaan verandert. Daarom heb ik mijn slaapplaats verplaatst en mij vlak naast mijn lotgenoot geïnstalleerd. Wij slapen haast lijf aan lijf, waardoor onze stank en het trage ritme van onze ademhaling zich vermengen.

Over smerige lucht gesproken, ik heb gisteren ontdekt dat er schimmels verschijnen, in een hoek van de badhanddoek en op de bodem van de beker van Zoé. De flora van de duisternis laat niet op zich wachten, dus nu drogen we na iedere wasbeurt de handdoek maar even bij de vlam van de brander. Hierdoor hebben wij vandaag alweer de vierde gasvulling in gebruik genomen, er is van de oorspronkelijke voorraad nog maar één over. In onderlinge overeenstemming gebruiken we de laatste alleen nog om drank en maaltijden te bereiden. En daarna, als die leeg is…

Op het moment werken mijn hersens op een redelijk niveau. Ik breng mijn dagen bij de gletsjer door, Thierry slijt de zijne in zijn spelonk, waar hij de rotsen te lijf gaat. Ik hoor hem krabben, soms storten er stenen naar beneden, hij schiet aardig op, lijkt het. Blijkbaar is hij erin geslaagd een bres te slaan, hij kan zijn arm erdoor steken nu, naar de andere kant, waar de luchtstroom vandaan komt. Hij eet veel, heeft aan kracht gewonnen en meer vertrouwen gekregen. Ook is het hem gelukt een rots enigszins te laten kantelen die op zijn beurt andere blokken tegenhoudt. Volgens hem zal de muur van opgestapelde rotsblokken binnenkort als een kaartenhuis ineenzakken. Aangenomen dat dit zo is, hoe zou ik erdoorheen kunnen gaan terwijl de keten me tien meter ervoor tegenhoudt? En hoe zit het met de afstand van vijftig meter waarna zijn kop uit elkaar springt, als hij alleen weggaat? En dan komen we via deze smalle passage ook nog eens in een volgende zaal, die weer leidt naar nog een zaal, die op zijn beurt leidt naar weer een andere…

Uiteraard hebben we het niet over deze 'keerzijden', verblind als we zijn door de behoefte te geloven in het slagen van de expeditie.

Als Thierry slaapt, ga ik terug naar de gletsjer met de speleologenhelm op mijn voorhoofd. Verbeten rasp ik over het ijs met mijn gehandschoende vingertoppen. Sinds ik zo aan het werk ben – twintig, dertig, veertig uur in totaal –, verzamel ik niet alleen ijskristallen voor onze warme drank, maar daarnaast wordt het oppervlak langzaam gladder, ik begin langzamerhand mijn silhouet te ontwaren op de duizendjarige, transparante wand. Nog maar een paar uur en ik zal deze geïmproviseerde spiegel in gebruik kunnen nemen. Mijn eigen aanblik trotseren en die van Max bestrijden. *Zoek achter de spiegel van uw misdaden en bied het hoofd aan uw demonen*, staat er in de brief. De spiegel trotseren.

Ik krab en polijst, en tijdens deze eenvoudige handelingen denk ik aan de geheimzinnige kluis. Honderd miljoen combinaties… Een van ons moet de code kennen om het slot open te krijgen, dat kan niet anders. Acht cijfers als van een datum. Maar ik heb ze allemaal al uitgeprobeerd, stuk voor stuk, van 1950 tot 2008. Meer dan twintigduizend mogelijkheden hebben het eelt van mijn vingers gesleten.

Het is zover, ik ben klaar met mijn werk, ik stap niet weinig trots achteruit. Vóór mij verheft zich een mooie spiegel van één meter vijftig hoog bij zestig centimeter breed.
Ik knarsetand. Met gebogen hoofd besluit ik de stap te wagen. Alles in het licht te zetten. En mezelf te bekijken.

Ik herken mezelf niet. Uiteraard vervormt dit oppervlak, maar het lijkt wel of mijn gezicht tweemaal zo groot is geworden. Mijn wangen lijken die van een zuigeling, mijn voorhoofd is opgezwollen, in tegenstelling tot mijn ogen, die diep in hun kassen liggen. De vochtige atmosfeer moet gezorgd hebben voor overhydratatieverschijnselen, waardoor oedeem en onderhuidse vochtophopingen zijn ontstaan. Ook ontdek ik achter dat groteske gezicht vermoeide trekken, een woeste baard, platgedrukte, vette haren en smerige kleding. Het lijkt wel of ik terugkom van een expeditie, na wekenlang acclimatiseren en klimmen.

Ik blijf zo staan, recht tegenover mijn dubbelganger, mijn andere ik, en ik trotseer de ogen van Max, zijn gezicht vertrokken uit angst om te vallen, alles te breken, te sterven. Daar is hij weer, mijn vingers trillen, hij roept me toe van een paar meter afstand, hij hangt aan een touw boven de oneindige diepte. IJskoud en bedekt met een dikke laag sneeuw smeekt hij me het touw niet door te snijden. Ik kijk naar beneden en weer voor me. Hij is er nog steeds, opnieuw smeekt hij en strekt zijn handen naar mij uit, schreeuwend van de pijn aan zijn verbrijzelde been. Hij wil niet vallen.

En hij vervloekt me als hij het lemmet van mijn mes ziet glimmen, waarmee Magere Hein zal worden gelokt.

12 mei 1986 hoor ik zijn geschreeuw wegsterven in de woedende storm. Voor de laatste keer. 12 05 1986.

Ik frons mijn wenkbrauwen. *Zoek achter de spiegel van uw misdrijven en bied het hoofd aan uw demonen*... De spiegel van uw misdrijven... En als de combinatie van de kluis nu eens niet 12051986 was, maar 68915021, het spiegelbeeld ervan?

Ik haast me terug naar de tent, tussen hoop en angst. De bibberende lichtbundel verraadt mijn spanning. Thierry slaapt nog, met een diepe zucht ga ik vlak bij de kluis languit liggen en leg de speleologenhelm rechts van me neer. Een zware lichaamsgeur stijgt op uit mijn trui, ik lig te dampen als net uitgestroomde lava. Met mijn tanden trek ik mijn handschoenen uit, mijn verkleumde vingers gehoorzamen slechts moeizaam, maar het lukt me toch om de cijfers te verplaatsen. 68915021. Ik hoor een klik.

Verstijfd van schrik houd ik mijn hand voor mijn mond, ik moet haast overgeven. De datum van de dood van Max... Wat kan dat betekenen? Zou Max zijn val hebben kunnen overleven? Zou hij gevallen zijn op een andere overhangende rots en vervolgens erin geslaagd af te dalen naar het basiskamp nadat wij al vertrokken waren? En dat alles ondanks zijn gebroken been?

Met gespannen kaken haal ik voorzichtig het hangslot uit de sluiting en schuif de grendel opzij. Ik denk aan een sleutel. De sleutel die me van mijn keten zal bevrijden en me in staat zal stellen met Thierry die rotsen opzij te gaan duwen.

Ik laat me nog verder zakken, doe de zware ijzeren deksel een beetje open en richt de chromen reflector van de hoofdlamp erin.

Het eeuwige duister wordt in het licht gezet. En onthult me het onvoorstelbare.

Mijn ogen puilen uit van verbijstering. Ik schrik op met al mijn 206 botten als Thierry zich omdraait, verstrikt in een onrustige slaap. Ik doe onmiddellijk de lamp uit.

Ademloos klap ik de deksel terug op de kluis en breng op de tast het hangslot op zijn plaats. Thierry moet vooral niet merken dat ik hem open heb gekregen.

Ik voel dat ik bijna flauwval.

Degene die achter dit complot zit wil me aanzetten tot een onvoorstelbaar barbaarse daad.

Me veranderen in een levend lijk.

'Het is gebeurd! Mijn god! Het is gebeurd!'

Thierry komt terugrennen uit zijn rotsholte, met opgeheven vuist. Ik blijf bij de tent staan en sla mijn handen om mijn hoofd.

'Zeg me niet dat...'

'Jawel!' schreeuwt hij. 'Ik ben erin geslaagd een groot rotsblok opzij te schuiven! Ik heb... de scheenbenen van de dode man als hefboom gebruikt, en... O! ik dacht dat alles in zou storten, maar... Het is groot genoeg, Vick. Het gat is ruim voldoende om erdoor te kruipen!'

Hij pakt me bij mijn arm en trekt me in de richting van de rotsengte. Zijn lijf staat gespannen als een boog.

'Kom zo dichtbij als je kunt! Ik... ik ga door de nieuwe

doorgang heen. Er… er is ongeveer tien meter tussen jou en de grot, en we hebben recht op vijftig meter. Ik… ik ga erin… twintig passen ver. Ja, maar twintig passen, dan zitten we op dertig meter en hebben we nog een marge, voor het geval dat. Goed?'

Ik knik van ja, zonder mijn mond open te doen. Ik ben ergens anders met mijn gedachten. Ik ben bang voor het kwaad dat Max mogelijk heeft aangericht, boven. Hij heeft vast en zeker Claudia benaderd. Ook haar heeft hij heel wat te verwijten. En als hij haar nu eens is gaan opzoeken in het ziekenhuis? En als hij haar heeft ontvoerd? En als…

Thierry verdwijnt uit het zicht, terwijl ik aan het einde van mijn gespannen staande ketting bid dat het niet mogelijk is eruit te komen. Vooral geen uitweg. Ik wil liever kapotgaan hier, ik wil niet voor de keuze staan. Veel liever doodgaan dan die kluis opnieuw te moeten openen.

'Ik kan erdoor!' gilt hij, 'en… het gaat daar omhoog!'

Zijn stem kaatst terug van de hoekige rotswand, het duister omsluit me, ik wil in slaap vallen en nooit meer wakker worden. Het spijt me vreselijk, Claudia, het spijt me vreselijk dat ik de strijd moet opgeven.

Daar komt hij weer tevoorschijn, de man met het ijzeren masker. Hij rent naar me toe met zijn speleologenhelm in zijn handen en de acetyleenfles op zijn rug. Ik wacht op het goede nieuws, nee, het slechte; slecht nieuws wil ik horen. De kogel uit de blaffer gaat nog dienstdoen. Misschien was hij wel voor mij bedoeld. Van het begin af aan.

'Verdomme, Vick! Achter die rotsen! Daar hangt een touw! Een mooi touw met knopen erin dat tegen de helling aan hangt! Het… het lijkt wel op een reuzenglijbaan, we hoeven ons alleen maar op te trekken en erin te klimmen! Via die route kunnen we eruit!'

Ik reageer niet, mijn gezicht staat somber. Hij schudt me stevig door elkaar.

'Hé, kerel! Juich je niet van blijdschap? Toe nou!'

Ik wijs op mijn keten.

'En dat dan?'

Thierry haalt de revolver uit zijn broek.

'Laten we het proberen! We kunnen het nu proberen, toch? We moeten het proberen! We gaan schieten op dat verdomde hangslot van de kluis, we krijgen hem wel klein!'

Ik schud mijn hoofd.

'Nee, nee... dat werkt niet... Dat weet je best...'

Maar hij luistert niet naar me, opgewonden loopt hij naar de rode piramide. Verslagen volg ik hem. Ik kan hem er niet van weerhouden het te proberen. En als hij er nu eens in slaagt het ding te openen? En als...

Daar zit hij, op handen en voeten met het wapen in de aanslag. Ineens begint de revolver langzaam mijn kant op te draaien. Thierry houdt hem met twee handen vast. Hij richt het wapen op mij!

'Het hangslot, Vick! Grote klootzak dat je er bent!'

'Wat is er met het hangslot?'

'Neem je moeder in de maling! Het is je gelukt de kluis open te maken en je hebt het hangslot er verkeerd om op gedaan, kaffer! De sluitbeugel moet aan de andere kant worden opengemaakt!'

Met gebogen hoofd staat hij op.

'En je hebt me niets gezegd? Je... je hebt mij in onwetendheid gelaten terwijl jij het wel wist?'

'Ik... ik...'

Geheel onverwachts slaat hij me keihard op mijn slaap. Ik zak in elkaar, de loop is tegen mijn wenkbrauw geknald.

'Wat is de combinatie, hufter?'

'Nee... Alsjeblieft... Maak hem niet open...'

'De combinatie, zeg ik je!' Purperrood bloed druipt op mijn vingerkootjes. Ik doe mijn ogen dicht.

'Toe maar, schiet maar...'

De loop is op mijn dijbeen gericht.

'Dat zou te makkelijk zijn. Als je niets zegt, schiet ik een gat in je been. En geloof me maar, dat kan allemachtig pijn doen.'

Ik heb geen keuze, ik weet dat hij tot alles in staat is om hier weg te komen.

'68915021... De... de sterfdatum van... van Max, in omgekeerde volgorde...'

Hij werpt zich op het slot terwijl hij me onder schot blijft houden.

'Die Max van jou is helemaal niet dood!' bijt hij me toe terwijl hij aan de cijferwieltjes draait. 'Hij heeft zijn val overleefd, niet? En hij heeft besloten je een lesje te leren?'

'Dat is... dat is onmogelijk...'

Wel. Het is wél mogelijk. Ik weet het, diep vanbinnen weet ik het. Max heeft altijd geleefd, in mijn hart, in mijn nachtmerries.

Hij onderbreekt waar hij mee bezig is en kijkt me strak aan.

'Je hebt me de waarheid niet verteld! Je hebt niet gewoon het touw van Max doorgesneden omdat je aan het eind van je krachten was! Zo is het helemaal niet gegaan! Vergis ik me? Heb het lef eens te zeggen dat ik me vergis!'

Ik voel bloed op mijn voorhoofd. Mijn ogen schieten vol tranen.

'Het is de waarheid, ik...'

Hij begint vervaarlijk te zwaaien met het wapen in zijn hand.

'*Zoek achter de spiegel van uw misdaden en bied het hoofd aan uw demonen.* Verdomme, Vick! Jij leeft met de vrouw van die kerel! Je bent met haar getrouwd, terwijl je beste vriend is gestorven! Zijn val kwam jou goed uit, nietwaar? Dat litteken op je rug... Die mep met die haak... Claudia ging met jou naar bed, haar man is erachter gekomen en volledig door het lint gegaan... Dus... heb jij geprofiteerd van jullie beklimming van de K2 om hem uit de weg te ruimen!'

'Nee!'

'Die keer heb je de top niet gehaald, je bent in je eentje afgedaald nadat je je partner in de afgrond hebt laten storten. Geen onderzoek, niets, het is zo eenvoudig om iemand te vermoorden tijdens een expeditie. Een noodlottig ongeval, zeg maar... En jaren later heb je een solobeklimming van de K2 gedaan om... om zijn dood te verwerken!'

'Je slaat wartaal uit!'

Hij schudt zijn hoofd.

'Daarom kun je er niet tegen jezelf in de spiegel te zien... Je bent een moordenaar...'

Ik grijp hem bij zijn pols.

'Je vergist je, Thierry! Ik zweer dat je je vergist! Het was een ongeluk, Max is naar beneden gestort en...'

Hij verdraait het laatste wieltje van het hangslot. Een klik.

'Misschien krijg ik de versie van Max wel te horen als we eruit zijn, als het ons lukt uit dit weerzinwekkende hol te komen... Die versie verschilt wellicht een beetje van de jouwe... Wie weet wat ons buiten te wachten staat? Wie weet wat je vrouw en jou boven het hoofd hangt?'

'Hou daarmee op, Thierry. Er klopt helemaal niets van wat je zegt.'

'Het spijt me zeer, maar ik kan je niet langer geloven. Hoe zou ik je kunnen geloven, nu ik hier door jouw schuld opgesloten zit? Jij dwingt me al deze gruwelijkheden te ondergaan, en je hebt zelfs niet het fatsoen om met de waarheid over de brug te komen!'

Het slot ligt op de grond. Thierry opent het deksel.

Dan draait zijn metalen gezicht zich in mijn richting en blijft zijn blik secondenlang op mij gevestigd. Er komt geen einde aan de stilte.

Hij duwt met zijn rechterhand het schuimplastic opzij. Dus daardoor was er geen gerammel te horen geweest. Zijn arm verdwijnt in de kluis en komt meteen weer tevoorschijn met een zwaar voorwerp.

Op het tentdoek tekent zich een schaduw af die door het felle licht van de reflector bovenmatige proporties aanneemt.

De schaduw van het voorwerp dat geacht wordt mij van mijn keten te bevrijden.

Geen sleutel.

Een hakbijl.

Er komt slechts nog vaag gemompel over mijn lippen: 'Ga nog eens om hulp roepen in de rotsholte... Alsjeblieft, nog één keer... Misschien dat...'

Thierry heeft water warm gemaakt, trekt zijn overhemd uit en knipt een stuk of tien lappen stof uit die hij met zorg op zijn slaapzak uitspreidt.

'Ik heb al uren staan gillen, zonder resultaat. Niemand komt ons hier zoeken, en je weet het... Je vrouw... je moet aan je vrouw denken... Ze zal blijven leven, Vick! We gaan naar het ziekenhuis en ze zal het redden!'

Mijn vingers klauwen in de drijfnatte vloer, mijn nagels scheuren het schuimplastic stuk. Recht voor me staat de lege pan al een half uur lang op de brander op de hoogste stand. De bodem van de pan is inmiddels roodgloeiend, de vlammen knetteren, het metaal knapt, een godsgruwelijk lawaai. De steelpan waaruit we mensenvlees hebben gegeten gaat nu dienstdoen als brandijzer, om mijn slagaders, aders en vlees dicht te schroeien, om te voorkomen dat mijn bloed alle kanten op spat, dat ik leegbloed als een geslacht varken. Thierry pakt mijn hand beet en drukt hem stevig.

'Ik geloof dat ik deze klus kan klaren, Vick. Ja, echt, ik kan het...'

Hij spreekt zichzelf moed in, alsof zijn eigen voet er afgehakt moet worden. Ik kan niet meer, ik wil dood. Laat hij in godsnaam die kogel door mijn kop schieten.

'Geef me wat te drinken...'

Hij schenkt lauw water voor me in.

'Hadden we maar een beetje wodka bewaard,' geeft hij toe. 'Dan had jij nu kunnen pimpelen, en ik... ik ook. Met drank zou het allemaal veel makkelijker zijn geweest... Wat stom van ons, toch. Verdomme… Naarmate het moment nadert, word ik steeds banger. Ik ben bang je pijn te doen. Dit is niet normaal. Jij en ik, we… zijn te close geworden…'

Ik lig nu languit. Voorzichtig trekt Thierry mijn rechterschoen uit en worstelt vervolgens met de sok. Het stinkt naar ongewassen lijven in de tent, naar dode lijven, lijven die al dagenlang liggen te rotten. Mijn beul, mijn redder, de weldoener van mijn echtgenote bedekt mijn voet met ijs, ik bijt op mijn tanden.

'Al die tijd heeft de kou ons het leven zuur gemaakt,' mompelt hij. 'Deze keer hebben we er voordeel van. Je bloedsomloop vertraagt erdoor… en je raakt het gevoel in je voet kwijt, alsof… alsof hij wordt verdoofd. Ja, ja, je wordt plaatselijk verdoofd…'

Opnieuw staart hij naar de bijl, naar dat levensgevaarlijke blad, hij is er echt doodsbang voor. Maar niet zo bang als ik. Ik fluister zuchtend: 'En als het je nu niet lukt om me naar boven te takelen? Als ik flauwval, en als ik, als…'

'Dat lukt me wel. Echt, dat lukt me heus…'

In mijn hoofd zie ik de hele film voor me. Ik zie mezelf al kreupel rondlopen, met een stok, een absolute mislukkeling. Ik, Vick, de Bedwinger van het Hooggebergte, aan de grond gekluisterd, niet in staat het ene been voor het andere te krijgen, te rennen, te huppelen of te lopen zonder dat iedereen naar me kijkt.

'Zonder die voet… kan ik nooit meer klimmen, ik… ik weiger om gehandicapt oud te worden! Ik wil het niet!'

'Stop nou, Vick… Hou op, verdomme! Omdat je… omdat als je zo doorgaat… Allemachtig! We moeten het doen voor ik de moed verlies!'

Hij haalt diep adem voor hij hieraan toevoegt: 'We kunnen er natuurlijk voor kiezen hier te blijven… Steeds opnieuw mensenvlees blijven eten, wonen en slapen in een laagje water… Jij kunt me blijven beletten Emilie en mijn zoon terug te zien… Ook kun je Claudia ter dood veroordelen. Haar dood laten gaan, in haar eentje, zonder iets te weten... Hoe zal ze dan over je denken, als ze haar laatste adem uitblaast? Stel je je verdriet eens voor als ze sterft... Jij alleen kan ons allemaal onze vrijheid teruggeven. Waar kies je voor?'

Verwilderd, afwezig kijk ik naar mijn voet, ik beweeg mijn tenen, ze beginnen gevoelloos te worden. Die tenen zijn van mij, die hebben ervoor gevochten te overleven, ze hebben me zo ver, zo hoog, gedragen, naar de hoogste toppen van de wereld. Ik wil ze niet verliezen, ik wil dit lichaam dat mij zoveel heeft gegeven niet verminken.

En toch zeg ik stotterend: 'We... we doen het, Thierry... We doen het...'

Hij knippert langzaam met zijn oogleden en daarna scheurt hij vastberaden de hoes van de langspeelplaat open, vouwt het karton een paar maal dubbel en drukt het heel hard in elkaar.

'Voor jou,' zegt hij. 'Dat prop je in je mond en als het nodig is bijt je er op zo hard als je kunt...'

'Ja, ja... Bijten moet ik... Zo hard bijten dat mijn tanden breken... Dat deden ze in de middeleeuwen ook, hè, Thierry? Maar het is niet nodig... Ik ben een harde jongen, een vechter. Zeg me dat het wel zal gaan...'

Hij antwoordt niet onmiddellijk.

'Je bent een bijzondere man, je redt het wel. En nu moeten we wachten. Zodra je je grote teen niet meer kunt bewegen, gaan we aan de slag.'

Hij gaat in kleermakerszit voor me zitten, met de hakbijl tussen zijn benen. Hij heeft zijn handschoenen uitgetrokken, zijn vingers trillen. Het licht van de vlammen speelt in oranjerode kleurschakeringen op het masker, schaduwen dansen als bloederige allegorieën. Het lijkt wel een voodooritueel, of een exotische dans voorafgaand aan een offerande. Deze tent heeft iets heel onheilspellends over zich.

Ik knars onophoudelijk met mijn tanden, mijn kaken zijn gespannen. Met mijn nagels kras ik over de opgevouwen platenhoes, ik doe mijn ogen dicht en haal diep adem. Een voet...

Niet meer dan een voet... Een stom stuk vlees in ruil voor het leven van mijn vrouw. Er zijn mensen die een nier of hoornvlies afstaan voor een handvol dollars.

Hoe hard ik mijn spieren ook aanspan, mijn teen beweegt niet meer, alleen de vurige kou voel ik tot in mijn buik opstijgen. Thierry knielt, hij houdt het blad van de bijl in de vlam.

'Het is zover...'

'Daar, oké? Net onder de enkel, niet meer!'

Ik ga abrupt zitten en trek uit alle kracht aan de band om mijn enkel.

'We kunnen nog één of twee centimeter winnen, ik weet het zeker... Ja, ja... Een halve centimeter, een paar millimeter extra, of anders...'

Thierry legt zijn hand op de mijne.

'Hou op, daar schieten we niets mee op.'

Ik grijp hem bij zijn kraag, mijn lippen op twintig centimeter van zijn vastgeboute tronie. En barst in huilen uit.

'In één klap... Hak hem in één klap eraf, alsjeblieft...'

Thierry neemt de bijl nerveus in zijn hand, werpt blikken in het rond en draait aan zijn trouwring. En dan legt hij tegen alle verwachting in het werktuig weg.

'Wat... wat doe je nou?'

Hij schudt zijn hoofd.

'Ik kan het niet...'

'Wat nou, je kunt het niet! Je slacht aan de lopende band dieren, je hebt het lijk aan stukken gesneden!'

'Ja, maar die zijn dood, verdomme!'

'Dat maakt niet uit! En dat zeg ik! Doe het nou maar!'

'Nee, nee... Eerst moet ik het weten, van Max. Verdomme! Ik ga je voet afhakken! En ik weiger iemand te mollen die niets te verwijten valt!'

Ik geef harde meppen op zijn masker.

'Ik wil dat je het doet! Hak mijn voet eraf!'

'Je hebt het recht niet me voor te liegen... Niet nu... Heb

je het gedaan? Heb je een moord gepleegd? Is ons verblijf hier... is het helemaal jouw schuld?'

En ik antwoord zonder verder na te denken: 'Ja! Het is mijn schuld! Ja, ik heb Max naar beneden geduwd omdat ik van Claudia hield! Ik heb hem vervloekt en het touw doorgesneden! Ik ben een moordenaar! Ik heb zijn vrouw genaaid! Dus hak die verdomde voet er nu maar af! Laten we er een einde aan maken, in 's hemelsnaam... Heb medelijden...'

Met een woeste beweging duwt hij mijn hoofd naar achteren. Hij begint dieper adem te halen, via zijn neus. Ik ga liggen, steek het karton overdwars in mijn mond. Ik durf mijn ogen niet dicht te doen, er staan zweetdruppels op mijn voorhoofd en ik heb het warm, heel warm.

Mijn hart klopt snel, in mijn hele lichaam, in mijn oren, in mijn keel. Dat is niet goed, de druk is te hoog, het bloed zal er straks uitspuiten, het rode doek bevuilen, de slaapzakken van kleur doen veranderen. Ik weet da...

Geluid van brekend bot.

Alles draait voor mijn ogen.

De heftige pijn van het roodgloeiende brandijzer op de stomp. Twintigduizend volt door mijn lijf.

Verbinding verbroken.

Stemmen. Naderende voetstappen. Pijnlijke flitsen op mijn netvlies.

'O mijn god! Hierheen! Hierheen!'

Een bleek gezicht, over mij heen gebogen. Daarachter vage lichtkringen, wazige zonnen van onbekende aanwezigen.

'Het komt allemaal goed, meneer. We gaan u hieruit bevrijden.'

Ik kijk om me heen, ik weet niet of ik droom of dat de realiteit me weer heeft ingehaald. De tent. De brander. De slaapzakken, purperrood van mijn bloed.

Niets is veranderd.

'Nee, nee...'

Ik richt mijn hoofd op. Mijn voorhoofd gloeit. Twee schimmen zijn druk bezig bij mijn voeten. Mijn voeten... Mijn afgehakte voet! Met afschuw zie ik dat been zonder voet, het ligt erbij als een boom zonder wortels. Een dode boom.

Ze hebben hun neus diep in hun jack gestopt, hun gezichten vertrokken van afschuw.

'Wat een vreselijke stank...' mompelt een van hen. 'En al die nattigheid op de grond en tegen de wanden. Alles lekt hier, zelfs hun kleren en slaapzakken beginnen al te schimmelen... Hoe heeft hij hier zo lang kunnen overleven? Acht-en-twintig dagen...'

Het getal weergalmt in mijn hoofd en blijft doordreunen. Acht-en-twin-tig...

'Zo te zien heeft hij er maar zeventien geteld,' antwoordt een vage figuur die zich in mijn blikveld buigt. 'Hij heeft streepjes in het vloerkleed gegrift, net als in de gevangenis.'

'Onder de grond gaat de tijd zeker sneller. Hij moet zonder het te weten haast in een winterslaap zijn geraakt. Al zijn lichaamsfuncties zijn vertraagd, hij was slechts af en toe nog even wakker, om... om te eten...'

Ze zwegen even en gingen weer door: 'Lelijke koubulten op zijn handen en zijn overgebleven voet, een ernstig opgezwollen gezicht. Divergent scheelzien, door het lange verblijf in het donker.'

'Hoe kan een mens een ander zoiets nou toch aandoen? Ik bedoel... Zijn voet afhakken? Kun je je voorstellen dat iemand zo wreed kan zijn?'

'Dat is het ergste nog niet... Dat lijk daar verderop, bij de ingang...'

'Het is ronduit smerig. En onvoorstelbaar. Wat een gruwelijk misdrijf, doet het vast goed in de krant.'

'Doet het goed in de krant, ja. En dat is gelijk het enige goede eraan.'

Ik steek mijn arm uit.

'Thierry... Waar is Thierry...'

Het antwoord komt van boven me. Een mentholgeur, ik snuif mentholgeur op. Menthol, die vertrouwde, heerlijk frisse menthollucht.

'Welke Thierry?'

'Dat u bent gekomen... Dat u hier bent... Hoe bent u gewaarschuwd?'

Een andere stem, van verderaf, ernstiger ook.

'Een anoniem telefoontje, waarbij de exacte coördinaten van uw positie werden doorgegeven. Er zijn teams ter plaatse gaan kijken, boven, bij de ingang. We waren hoogstwaarschijnlijk niet zo diep afgedaald als we... uw voet niet hadden gevonden, die al in ontbinding was, in de volle zon.... Het is buiten tegen de 40° Celsius.'

Ze leggen me op een brancard, of iets wat erop lijkt. Om mijn dijbenen en bovenlijf worden riemen vastgemaakt.

'Die riemen zijn nodig om u naar boven te takelen,' wordt me uitgelegd. 'Naar beneden zou het nog zonder kunnen, maar omhoog...'

Op... op welke diepte zitten we dan?'

'Minus 132 meter.'

'Waar?'

'Massif de Marguareïs. Zestig kilometer ten noordoosten van Nice.'

De talrijke lampen zijn fel en doen me denken aan Rimbauds brandende dag. Dan zie ik pas met afgrijzen wat een troosteloze aanblik de ruimte biedt waarin ik gevangen ben gehouden. Overal modder, bloed, schimmel, een dun laagje water op de grond en vocht dat permanent naar beneden sijpelt.

De jongste man buigt zich naar me toe als de brancard de lucht in gaat.

'Zeg... Die vent daar... Met die tatoeage op zijn been... Kent u hem?'

'Nee...'

'Heeft... heeft u hem werkelijk opgegeten?'

Ik doe mijn ogen dicht, ik heb een vreselijke nasmaak op mijn verhemelte.

'Ik... ik had geen keus... Het was eten of gegeten worden...'

Een lange stilte. En dan: 'Maar... ik begrijp het niet goed. Waarom heeft u die man opgegeten terwijl er nog een hele stapel bakjes vlees in die rotsholte lag?'

Mijn vingers klemmen zich vaster om de stalen buis.

'Bakjes... met vlees?'

'Mooie runderlappen, varkenshaasjes, kipfilet.'

'Laat eens zien!'

Met zijn vieren staan ze om mij heen. Mijn rechterbeen trekt, ik heb het gevoel of iemand continu met een koevoet op mijn voet staat te rammen. Met een vlugge beweging tillen de EHBO'ers me op, we steken de ruimte over die ik inmiddels zo goed heb leren kennen, die mij heeft zien aftakelen, die mijn grenzen heeft verlegd en het beest heeft bevrijd dat sluimerde in mijn binnenste. Ik hoor de mannen over brekend glas lopen, en herinner me de injectiespuit. Op deze plek had Thierry hem gevonden, de eerste dag.

Ze klimmen een soort talud op, moeten even bukken en daar zijn we dan in de rotsholte, die nu door twee halogeenlampen wordt verlicht. De smalle grot waar Thierry onze maaltijden bereidde, en waar hij uren en uren heeft staan graven...

Ineens stort mijn wereld in, ik word bij de keel gegrepen door een ongelofelijk gevoel van onrecht, het laat me niet meer los. Als een film zie ik in mijn hoofd alles weer voorbijflitsen. Tientallen, honderden beelden volgen elkaar op.

Op de grond zie ik een groot, bebloed slagersmes liggen, naast de man met de tatoeage. In zijn dijen, armen en buik is gesneden. Het lijkt wel of er een leeuw bezig is geweest, een uitgehongerd roofdier van de savanne. Vlak bij het in stukken gehakte lijk liggen voedselresten verspreid. Biscuits, klokhuizen, pasta, rijst en lappen rundvlees, nog in de verpakking. Er zijn ook pannen, een vork en ook peper en zout!

En schone handdoeken, allemaal identieke kledingstukken, een waslapje, paren sokken, ondergoed en... een luchtmatras. Zelfs een spuitbus uit de fopwinkel met zweetlucht erin. Ik weet niet waar ik het zoeken moet, dit is niet mogelijk. Ik richt mijn wijsvinger op een bandrecorder.

'En dat... Wat is...'

Een man drukt een knop in. Hij zegt: 'Vreemd. Dit is een geluidsopname van voetstappen en rotsblokken. Het lijkt wel of er iemand staat te krabben, alsof hij een doorgang probeert te creëren. Maar er is hier in de verste verte geen rotsblok te zien. En ook geen man die staat te krabben. Kom op, we gaan!'

Mijn hand grijpt zich vast aan zijn jas. Er komt amper geluid over mijn lippen als ik uitbreng: 'Daar... In de hoek... O nee...'

'Ja... Een masker... Een ijzeren masker... De sleutel zit nog in het slot.'

'De brief... In de brief stond dat er springstof in zat...'

'Nee hoor. Geen springstof. Alleen wat schuimplastic erin om het dragen van dit vreselijke geval wat te "verzachten". Net of je permanent met een kussen om je hoofd rondloopt, zo u wilt... Maar goed, dat moet u ons maar eens precies uitleggen als het weer wat beter met u gaat, meneer. Want we moeten u bekennen dat we niet veel begrijpen van dit hele verhaal... Nietwaar, mannen?'

En als we verdwijnen via een brede doorgang die nooit versperd is geweest door bergstortingen, blijft mijn blik even rusten op de ongelukkige dode. Op die onbekende man die ik in mijn strijd om te overleven heb verslonden, terwijl Thierry, of liever gezegd Max, languit naast mij op zijn matras lekker gebraden biefstuk at, onderwijl stiekem genietend van mijn ellende.

4

DE VAL

Een jaar later.

Claudia is vlak bij me. De lucht voelt frisjes aan, vanmorgen, maar het voorjaar kondigt zich al aan in het glinsterende licht dat het hele dal met een dikke kus van dauw wakker maakt. Voor de laatste keer kijken we samen in stilte naar dit gebied dat uit het binnenste van de aarde is opgestuwd, dit reliëf dat al duizenden jaren door erosie in een trage beweging wordt gladgestreken. Verderop, op de achtergrond, verheffen zich als een immens schimmenspel de bergen die ik nooit meer zal kunnen bereiken. Mijn bergen, waarvan ik zoveel houd...

Ik slaap bijna niet meer. Het is alweer lang geleden maar de man met het ijzeren masker blijft rondspoken in mijn dromen. Ik ben altijd bang dat hij opduikt, dat hij me meeneemt het duister in, naar een nog weerzinwekkender hel. Ik heb nooit meer iets gehoord van Max, mijn beul, maar ik weet dat hij niet ver kan zijn, dat hij me bespiedt en geniet van mijn martelgang. Waar kwam hij vandaan? Was hij in de Himalaya gebleven, bij sherpa's of bij het Tibetaanse volk? Hoe had hij zijn val kunnen overleven? Was hij opgevangen, verzorgd, hersteld? Waarom was hij zich komen wreken, na meer dan twintig jaar? Zich wreken waarvoor? Max was zelf naar beneden gestort, nadat hij aan de rand van die veelbesproken overhangende rots brokken ijs op zich had gekregen, losgeraakt door mijn ijsbijl. Hoe is hij op het idee gekomen dat ik hem wilde vermoorden? Het was echt alleen de doodsnood van mijn organisme in de heftige storm die me noodzaakte het touw door te snijden, die dag. Ik hield van Claudia, maar dat wil nog niet zeggen dat ik mijn beste vriend erom zou vermoorden.

Mijn beste vriend… En dan te bedenken dat ik speciaal voor hem de K2 heb overgedaan, na zes jaar psychologische pijn, zes jaar neerslachtigheid omdat ik me verantwoordelijk voelde voor zijn dood. En dat ik hem heb verslagen, die piramide van ijs. Dat alles lijkt nu geen betekenis meer te hebben.

Ik denk terug aan deze lange periode van ondergrondse kwelling, aan deze geologische personificatie van de angst, elke nacht, elke dag, meer dan zevenhonderd uur lang volledig in een angstaanjagend donkere stilte. Elke keer dat ik mijn tong beweeg, als ik mijn verhemelte ermee raak, proef ik weer die afschuwelijke smaak van mensenvlees. Wanneer de schemer valt, duikt het spook met het ijzeren gezicht bovenop me, inclusief bijbehorend huiveringwekkend gekraak van mijn bot dat met de bijl wordt afgehakt. Als het buiten sneeuwt, houd ik mijn handen beschermend boven mijn hoofd omdat ik de doorschijnende dolken weer voor me zie die boven de tent hingen. En ook hoor ik het onverdraaglijke lawaai dat ze voortbrachten als ze uiteenspatten op de rots. De dood die op dit moment om me heen waart, nadert inderdaad langzaam, erg langzaam.

Ik geloof dat ik een middel heb gevonden om het proces te bekorten.

Steunend op Claudia sta ik moeizaam op, ik ben nog niet gewend aan mijn prothese, ik ben bang dat ik er nooit aan zal wennen. Ik haat mijn lichaam, dat mij op zijn beurt nog veel meer verafschuwt.

Ik vraag me nog steeds af waarom Max onder de grond met mij mee is komen lijden, voordat hij me heeft verminkt. Zeker, hij voedde zich stiekem goed, trok schone kleren aan en waste zich, maar waarom heeft hij zichzelf toch die lange periode van beproevingen opgelegd, de strijd tegen de kou, het slapen met een metalen masker op zijn hoofd? Dat alles om een antwoord te krijgen? Zodat ik zou bekennen, hem zou voorliegen dat ik hem had vermoord? Heeft hij op het dieptepunt van zijn ongelofelijke valstrik soms zijn beschermende, altruïstische reflexen hervonden, van de bergbeklimmer die bereid is zijn leven te geven om een ander uit de groep te redden? Is de Max van vroeger teruggeweest, voor een paar minuten?

Ik neem het mezelf bijzonder kwalijk dat ik me zo heb laten beetnemen. Maar hoe kon ik vermoeden dat deze man mij op een buitengewoon laaghartige wijze om de tuin leidde? Dat hij een vrouw had verzonnen, en een oudste zoon die aan leukemie was gestorven? Dat hij mij had durven vertellen dat hij hem voor zijn ogen had zien doodgaan terwijl dat bij mij de meest gruwelijke herinneringen oprakelde! En dat verhaal van die oorbel in de vorm van een slang? Het was verdomd goed aangepakt. Hij had al die verhalen verzonnen om te voorkomen dat ik vragen zou stellen over het waarom van dat masker, zodat ik zijn spelletje niet door zou krijgen en hem… zou ontmaskeren. Grote genade, alles leek zo… echt…

Mijn haar waait op door een licht windje dat me met zijn grenzeloze apathie eraan herinnert dat het tijd is om er een eind aan te maken. De stap nemen en hopen dat het hierna beter zal zijn.

Nadat ik heb gekeken of er geen wandelaars zijn, laat ik mij op mijn knieën zakken en kruip als een oude, versleten bastaardhond op handen en voeten naar de afgrond. Het zweet parelt me op het voorhoofd, mijn tanden knarsen en mijn bewegingen worden traag en schokkerig. Even verstijf ik zelfs volledig, ben ik niet meer in staat een vin te verroeren. Ik ben weer even ver als veertig jaar geleden, toen iedereen de spot met me dreef, mijn vader me afwees omdat hij zich schaamde voor zijn eigen zoon. Die kwetsbare zoon bestaat nog altijd, dicht onder de huid van mijn volwassen lijf. Ik geloof dat hij er altijd is geweest.

Met een bovenmenselijke inspanning bereik ik de rand van de afgrond. Ik heb twee meter afgelegd en ben uitgeput, de instorting nabij, terwijl ik toch de tot steen geworden angst heb getrotseerd, me heb gewaagd op passages met afschuwelijke namen als 'de brokkelige spleet', 'de ijspijp' of 'het dodenbivak'. En vele andere. Allemaal om mijn angst te overwinnen.

Ik ga voorzichtig rechtop zitten en haal diep adem. Het zal me lukken.

In een oneindig teder gebaar omhels ik voor de laatste keer de grafurn en maak behoedzaam het deksel open.

Mijn ster stijgt op naar de hemel, die hemel waar ze zo onverklaarbaar veel van hield. Daar is een plaats voor haar gereserveerd, vast en zeker.

'Ik hield van je, Claudia. Ik hield zoveel van je...'

Instinctief voel ik met mijn rechterhand aan mijn linker ringvinger, op zoek naar de trouwring die ik niet meer bezit. Max heeft echt alles tot de grond toe kapotgemaakt.

Ik kijk op als ver weg het doordringende gekrijs van een roofvogel klinkt. Het lijkt wel een adelaar, zo'n majestueuze vogel met goud- en vuurkleurige veren, die recht boven mij rondzweeft. Adelaars zijn zeldzaam hier, ik geloof zelfs dat ik er nog nooit een heb gezien. Ik frons mijn wenkbrauwen, en op mijn tong proef ik bezorgdheid. Die vogel, die ken ik, die heb ik eerder gezien. Maar waar dan? Ik doe mijn ogen dicht, nu weet ik het weer, hij was getatoeëerd op het dijbeen van Joël Leroux. Van deze vader van achtendertig jaar heb ik een deel van zijn linkerbeen en borst opgegeten. Het is de vader wiens trouwring Max heeft gestolen en die om zijn eigen vinger heeft laten glijden.

Joël... Mijn god... Ik herinner me de smaak van zijn beenmerg, dat mij tijdens een van die afschuwelijke maaltijden

door mijn cipier is geserveerd. Een beenmergdonor, in de meest letterlijke zin van het woord.
Ja, Joël was de echte beenmergdonor van Claudia.

Ik heb de enige mens opgegeten die mijn echtgenote had kunnen redden. Een tweede dolkstoot die mij is toegebracht door Max, bij het ten uitvoer brengen van zijn duivels complot. De meest vernietigende.
Claudia is voor mijn ogen heengegaan, op een klamme ochtend in september. Met het zout van mijn tranen op die van haar, zoals afgesproken.

De roofvogel wordt ongeduldig, zijn kleiner wordende cirkels lijken erop te wijzen dat hij ergens op wacht. Spoort hij me aan om te springen? Te verdwijnen in de diepte waar ik zo bang voor ben?

Met stramme spieren en een van pijn vertrokken gezicht sta ik moeizaam weer op. Alles kan hier en nu afgelopen zijn. Eén stap is genoeg. Een enkele stap en mijn verhaal eindigt met een val, mijn lijdensweg komt ten einde.

Maar ik lijd nu eenmaal graag.

LUST

Meg Gardiner
De Dirty Secrets Club

Welkom bij de Dirty Secrets Club, waar je alleen wordt toegelaten als je geheim *dirty* genoeg is.

De politie van San Francisco treft de jonge, ambitieuze officier van justitie Callie Harding aan achter het stuur van een gecrashte BMW – dood. Op haar dijbeen staat in lipstick *dirty*. Harding is het derde slachtoffer in een reeks bizarre ongevallen in San Francisco die om de 48 uur plaatsvinden.

Forensisch psychiater Jo Hill onderzoekt de zaak en ontdekt dat alle slachtoffers lid waren van dezelfde club. Dan krijgt ook zij een uitnodiging. 'Jij hebt je man vermoord. Welkom bij de Dirty Secrets Club.'

'Gardiner toont zich de vrouwelijke evenknie van Lee Child, de ongekroonde koning van de actiethriller voor denkende mensen.' *Vrij Nederland*

Junot Diaz
Het korte maar wonderbare leven van Oscar Wao

Het leven heeft Oscar Wao nooit toegelachen. Hij is een aardige jongen uit een Dominicaans getto in New Jersey, die kampt met overgewicht en liefdesverdriet. Hij droomt ervan de Dominicaanse Tolkien te worden en, vooral, een vriendin te krijgen.

Maar Oscar zal nooit krijgen waar hij van droomt dankzij de *fukú*, de vervloeking die zijn familie al generaties achtervolgt en die hen verdoemt tot gevangenissen, martelingen, ongelukken en bovenal: een leven zonder liefde.

'Spannend, spontaan en energiek... Een bijzondere leeservaring in een ronduit schitterende stijl.' *de Volkskrant*

HEBZUCHT

Linda Davies
De klip

Een spannende roman over blinde verliefdheid, oud geld, monumentale verbouwingen, kostbare schilderijen én moederliefde.

De jonge Morganna is puissant rijk maar ook dodelijk eenzaam. Als ze haar nieuwe buurman Archie Edge ontmoet, wordt ze halsoverkop verliefd. Ze slaat de waarschuwingen van haar voogd in de wind en trouwt binnen een halfjaar.

Algauw besluit ze Archie financieel te steunen bij de restauratie van zijn familiekasteel in Schotland.

En dan tekent zich de vreselijke waarheid af: Morganna zal alles verliezen. Of kan ze nog terugvechten?

Linda Davies heeft diverse topfuncties vervuld binnen de bankwereld van Londen en New York en weet dan ook alles over geld en hebzucht.

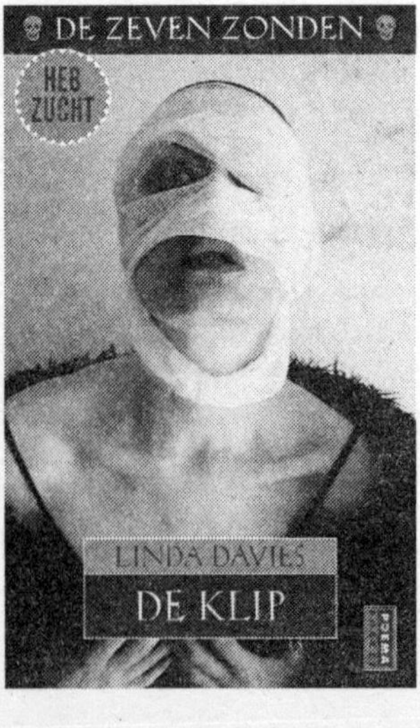

GEMAKZUCHT

Stephen King
Secret Window

De schrijver Mort Rainey heeft het zwaar. Toen hij zijn vrouw met een ander betrapte, scheidde hij van haar en vertrok hij uit de stad naar een afgelegen plek. Op een dag staat er een man voor zijn deur die zichzelf John Shooter noemt en Mort ervan beschuldigt zijn verhaal te hebben gestolen.

Rainey meent dat alles opgelost zal zijn zodra hij de eerste druk laat zien, die een jaar voor Shooters versie verscheen. Maar vreemde gebeurtenissen verhinderen telkens dat hij het boek in handen krijgt. Wie is Shooter echt? Zit hij achter alles wat er gebeurt?

Secret Window is verfilmd door regisseur David Koepp (*Panic Room*) met in de hoofdrollen Johnny Depp en John Turturro.

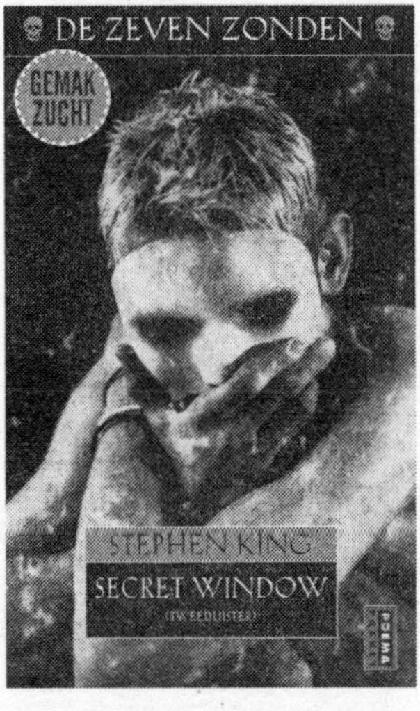

JALOEZIE

Greg Iles
De naakte waarheid

Laurel Shields treft haar echtgenoot Warren 's ochtends vroeg aan in zijn werkkamer terwijl hij als een waanzinnige met boeken aan het smijten is. Zijn reputatie als huisarts blijkt bezoedeld te zijn.

Laurel heeft ondertussen haar eigen problemen. Ze ontdekt dat ze zwanger is, maar weet niet of het kind van Warren of van haar geheime minnaar is.

De situatie loopt uit de hand als Warren een aan Laurel gerichte liefdesbrief vindt. Hij gijzelt zijn eigen gezin, in de hoop achter de naam van haar minnaar te komen...

'Iles bouwt de spanning vakkundig op en werkt in moordend tempo naar een explosief slot.' *Veronica Magazine*

Thomas Harris
The Silence of the Lambs

Succesvol verfilmd met Anthony Hopkins in de legendarische rol van Hannibal Lecter!

Met de hulp van dr. Hannibal Lecter, een briljante psychiater én een weerzinwekkende moordenaar, opent FBI-agente Clarice Starling de jacht op de seriemoordenaar Buffalo Bill.

De cryptische aanwijzingen van Lecter – zowel over Buffalo Bill als over haarzelf – leiden Clarice in een speurtocht die iedere lezer zal ervaren als angstaanjagend en absoluut fascinerend.

'Een intrigerende, tot op het bot spannende, thriller. De ontknoping in de vilkelder heeft een hoog kippenvelgehalte.'
VN Detective & Thrillergids *****